Les soleils aussi peuvent pleuvoir

LES SOLEILS AUSSI PEUVENT PLEUVOIR

Louise-Marie Bernard

En application de l'art. L.137-2.-I. du code de la propriété intellectuelle, toute reproduction et/ou divulgation de parties de l'œuvre dépassant le volume prévu par la loi est expressément interdite.

© Louise-Marie Bernard, 2025

Relecture : Louise-Marie Bernard, Loïc Zarembski
Correction : Louise-Marie Bernard, Loïc Zarembski

Édition : BoD · Books on Demand, 31 avenue Saint-Rémy, 57600 Forbach, bod@bod.fr
Impression : Libri Plureos GmbH, Friedensallee 273, 22763 Hamburg (Allemagne)

ISBN : 978-2-3225-3812-6
Dépôt légal : Mai 2025

PLAYLIST

- Ma meilleure ennemie, Pomme ft. Stromae
- Wildflower, Billie Eilish
- Brooklyn Baby, Lana Del Rey
- Another Love, Tom Odell
- Carmen, Lana Del Rey
- Black Beauty, Lana Del Rey
- NDA, Billie Eilish
- Rdv, Pomme
- Pauline, Pomme
- Comme des enfants, Cœur de pirate
- Without you, Lana Del Rey
- Place de la République, Cœur de pirate
- Possibility, Lykke Li
- Somewhere only we know, Keane
- Water Fountain, Alec Benjamin
- Pour un infidèle, Cœur de pirate ft. Julien Doré
- Sparks, Coldplay
- Wicked Games, Chris Isaak
- Still loving you, Scorpions
- Bittersuite, Billie Eilish
- Take me to church, Hozier
- 505, Arctic Monkeys
- Wasting my young year, London Grammar
- One more hour, Tame Impala
- Sparks, The Do
- I love you, Billie Eilish

Pour ne jamais oublier l'amour,

Chapitre 1, Louise

Les réseaux sociaux, quel fléau.

C'était la réflexion que je me faisais à l'instant même, posée dans ma Peugeot 208 verte à l'arrêt, avachie de façon tout sauf convenable sur mon siège. Je ressemblais à une adolescente passionnée par son seul outil quotidien, son seul ami, son seul sauveur : son téléphone. Je scrollais sur les réseaux sociaux, passant d'*Instagram* à *TikTok*, puis retournant sur celui que je venais de fermer la seconde précédente. Les réseaux sociaux nous apprennent à nous lasser vite des choses, avec des vidéos de plus en plus courtes qui nous donnent l'impression qu'un film d'une heure et demie dure une journée entière. J'ai compris après une grande réflexion sur le sujet qu'ils faisaient ça pour nous pousser à consommer toujours plus. Si on se lasse de tels contenus ou de telles vidéos, on attend autre chose, et alors on voit ces autres choses sur des vidéos plus concises, qui ne nous font pas perdre de temps. Mais ils finissent par nous apprendre à se lasser d'eux, leur stratégie n'est pas très bien établie. Pour autant, je pense ce genre de choses en étant absorbée par mon écran qui me tue les yeux comme une gamine de quinze ans.

Mais je ne suis pas une adolescente de quinze ans, je suis une adulte. Une adulte de trente-quatre ans, une adulte mariée à son amour de jeunesse, une adulte qui a un enfant. Cet enfant pour qui j'attends là maintenant. J'essaie toujours d'aller la chercher devant le collège, je n'aime pas tellement qu'elle prenne le bus. Dans le bus il y a des gens dangereux. Le chauffeur peut être fou et vouloir tous les tuer, ou elle peut rencontrer un pédophile qui va lui faire du mal. Ces peurs me paraissent débiles, mais lorsqu'on est maman, rien ne semble improbable. Tout peut arriver à son si petit bébé qui grandit bien trop rapidement. J'avais toujours organisé mon emploi du temps selon le sien, pour être sûre de pouvoir être là à chaque fois qu'elle devait sortir de l'établissement. Je pouvais me le permettre, être designer graphique à son compte pouvait avoir des effets néfastes sur les finances mais c'était surtout de bons côtés.

Et puis ce soir, elle serait rentrée en s'attendant à voir sa mère à la maison, mais celle-ci ne sera pas là. Mahault était partie en déplacement ce matin pour quelques jours vers la Bretagne, à sept heures de route de la maison. Sa vie d'éducatrice auprès des enfants, particulièrement des enfants handicapés, empiétait parfois sur sa vie de maman et de femme, mais jamais je ne lui avais demandé de rester. Elle respirait pour ce métier depuis toujours. Mahault avait toujours rêvé de travailler avec les enfants en situation de handicap, mais quand elle avait arrêté les études à cause de l'angoisse qui la rongeait matin, midi, soir et nuit, ses espoirs s'étaient éteints. C'est seulement quatre ans après, parce que je l'ai poussée dans ses retranchements, que je l'ai inscrite pour passer le concours dont elle avait besoin afin de réaliser son rêve. Bien sûr, ça n'avait pas été facile pour elle, elle détestait les cours et les parties où il fallait apprendre, parce qu'apprendre c'était ennuyant et fatigant, mais avec un nouveau-né ça l'était encore plus. A bout de souffle, au bout de ces trois ans de formation intense, elle avait obtenu son diplôme haut la main. J'aimais me souvenir de son visage sur la scène lors de la remise de diplôme, avec Isalis, notre fille, pendue à ses bras. J'étais tellement fière.

Pourtant, aujourd'hui, il m'arrivait de lui en vouloir d'avoir eu ce diplôme avec tant de félicitations et tant de compétences que tous les centres, tous les hôpitaux de jour et toutes les structures la voulaient. Ils me volaient mon épouse et ma coéquipière de vie pour qu'elle s'occupe d'autres enfants, m'imposant de gérer avec perfection la nôtre. De nombreuses fois elle est partie en voyage durant quelques jours me laissant seule avec Isalis, si jeune et si épuisante. Mais comment lui en vouloir quand en revenant, sa simple présence me rendait mon sourire et m'emplissait d'énergie ? Comment lui en vouloir quand dès le réveil d'Isalis le lendemain matin des cris de joie d'une petite fille résonnaient dans la maison ? Comment lui en vouloir quand elle me racontait s'être occupée d'enfants seuls et en manque d'amour ? Alors je ne lui en ai jamais voulu, et c'est le cœur lourd que je la regardais préparer ses affaires, généralement une fois par mois. Il est arrivé parfois qu'elle ne parte pas pendant quelques semaines, mais c'était pour partir plus longtemps. Je ne sais pas s'il vaut mieux partir deux, trois jours dans le mois ou partir un mois entier tous les trimestres. Dans tous les cas, quand la porte se fermait, je sanglotais comme un enfant qu'on n'abandonne dans un rayon de jouets pour le punir de réclamer. Et puis à ça s'ajoutait l'angoisse de gérer les crises d'un bébé, qui grandissait et qui hurlait encore plus fort et encore plus souvent, sans avoir de relais sur ces journées-là.

Mais plus Isalis grandissait, moins je me sentais dépassée et anxieuse. Elle savait se débrouiller presque seule maintenant, et comme elle aime me le répéter tous les matins quand je la dépose et revient la chercher devant le collège pour lui éviter tous risques, ce n'est plus un bébé. C'est une jeune fille de quatorze ans. Une jeune fille qui commence fortement à ressembler à sa mère. Quand elle était petite, elle ne ressemblait ni à maman Mahault, ni à maman Louise. Cependant, maintenant, elle avait les mêmes yeux verts presque lumineux que ceux de maman Mahault. Elle avait le même sourire, ces mêmes lèvres parfaitement dessinées, parfaitement colorées et parfaitement proportionnées. Elle avait cette même peau laiteuse. Et elle avait surtout ce même rire, celui qui emportait mon cœur plus haut dans le ciel que ne l'aurait fait une fusée.

Pianotant toujours sur mon écran, je ne me rendis pas compte que cette jeune fille se tenait devant la portière côté passager et qu'elle tentait tant bien que mal d'ouvrir cette foutue portière que j'avais pris soin de verrouiller pour qu'il ne m'arrive rien. Elle toqua à la vitre, et me relevant brusquement sur mon siège je me hâtai d'appuyer sur le petit bouton avec une clé pour déverrouiller la voiture.

– Sérieux maman faut que tu arrêtes de croire qu'on va t'agresser.

– Désolée Isa, c'est plus fort que moi tu sais. C'était comment ta journée ?

– C'était loooooong ! J'ai eu deux contrôles, et ça a été. Regarde ce que j'ai trouvé pour maman au marché du collège.

Elle brandit devant mes yeux une paire de boucles d'oreilles en forme de jolies fleurs bleues. Elles allaient forcément lui plaire. Je mis le moteur en marche, j'activais mon clignotant pour prévenir que j'allais m'engager sur la route, puis tout en étant concentrée sur celle-ci, je pris le temps de complimenter ce joli cadeau.

– Elles sont très jolies mon cœur, elle va les adorer.

– Y'avait rien pour toi je suis désolée, j'ai cherché des coquelicots ou des tournesols, mais la vendeuse n'en avait plus. Je vais les donner à maman ce soir.

– Tu sais bien qu'elle n'est pas là ce soir, elle est partie ce matin après t'avoir déposée.

– C'est déjà l'heure des déplacements ?

Je sentis la déception dans sa voix. C'était le plus dur dans ces situations, rappeler à Isalis que sa mère ne sera pas là ce soir. Elle oubliait toujours que pendant les fêtes, on ne la voyait que les 24 et 25 décembre, puis le 31 et le 1er janvier. Ces périodes étaient toujours remplies par ces autres enfants qui n'avaient bien souvent personne, et ils avaient beau être handicapés ou déficients, ils se rendaient bien compte des choses. Mahault était la seule affection qu'ils recevaient durant ces périodes où l'on doit ressentir l'amour de ses proches. Même si ces enfants nous privaient de l'amour de notre proche, je ne pouvais m'empêcher de penser à la douleur qu'ils pouvaient ressentir, seuls dans des internats froids. C'est ce que nous avions appris à Isalis dès qu'on a pu, pour qu'elle comprenne le métier de sa mère et qu'elle ne se sente pas délaissée. Mahault aimait ces enfants, mais elle aimait plus que tout au monde notre fille, et notre plus grosse crainte était qu'Isalis ne s'en rende pas compte.

– Je suis désolée ma puce... Est-ce que tu veux qu'on se fasse une soirée films avec un petit fastfood pour te remonter le moral ?

C'est ce que je lui proposais à chaque fois qu'elle oubliait que sa mère ne serait pas là le soir. Déjà pour lui remonter le moral mais surtout parce que je ne savais pas cuisiner. Personne ne m'avait jamais appris et je ne voulais pas apprendre, c'était une perte de temps. Mais Mahault est si douée, elle fait toujours des mélanges bizarres qui font de supers plats. Mais ça, Isalis ne le savait pas. Il valait mieux qu'elle croit que je faisais ça pour elle et seulement pour elle.

– Ah oui ! On pourra regarder *Avatar, la voie de l'eau* ?

– Encore ? ai-je râlé comme si ça me dérangeait.

Elle fit cette bouille que sa mère lui avait apprise à refaire dès le plus jeune âge : elle se mit à me fixer avec des yeux tout tristes, et un air de déception intense sur le visage. Je ne pouvais pas résister à ces petits yeux si tristes et cette bouille si désespérée.

– Bon d'accord, mais je choisis ce qu'on commande, ok ?

– Ok, merci maman t'es la meilleure.

Cette petite phrase suffit à me remplir le cœur et à me gonfler les poumons. Nous l'avions si bien élevée, elle était si gentille, si douce et si reconnaissante. Elle irradiait de bienveillance et n'était jamais dans le jugement de l'autre. Bien avant sa naissance, je pensais être une mauvaise mère. Je rêvais d'avoir un enfant depuis très jeune, trop jeune, mais je n'étais pas sûre de savoir l'élever correctement. Il faut un village pour élever un enfant, me disaient les gens, mais moi je voulais l'élever selon mes choix et ceux de Mahault, je ne voulais pas que nos proches nous disent quoi faire, qu'ils nous fassent des réflexions sur la façon dont on s'occupait de notre fille. Parce que si je ne savais pas élever un enfant, j'allais apprendre avec ma partenaire de vie, et non pas avec nos mères ou nos proches. Et nous avions réussi à faire quelque chose de beau et de bienveillant. Pourtant, ses premières années d'école avaient été compliquées parce que les autres enfants ne comprenaient pas qu'elle ait deux mamans et non pas un papa et une maman. Et les enfants, ce sont les êtres les plus méchants entre eux. Ils peuvent être les humains les plus mignons de cet univers, mais ils peuvent être aussi tellement horribles. Pour autant, Isalis avait gardé cette bienveillance et cette gaieté, même lorsqu'elle se retrouvait seule dans la cour de récréation. Elle ne s'était jamais défendue méchamment, elle leur expliquait simplement. Je crois qu'elle reflétait l'éducation qu'on lui donnait, celle de ne jamais être violente mais plutôt d'expliquer les choses.

Le collège n'était pas loin de la maison, en dix minutes nous étions rentrées. Elle sautilla jusqu'à la porte d'entrée, m'attendant à la fin de son chemin parce que c'est moi qui avais les clés. Les clés de notre maison du bonheur, remplie de décorations, et des dessins de notre fille. Nous

nous étions battues pour cette maison, mais elle était si parfaite dans son style provençal tout en étant en pleine ville que nous y avions mis corps et âme. À peine avais-je tourné la clé dans la serrure qu'Isalis se jeta à travers la porte. Je savais ce qu'elle cherchait mais je n'allais certainement pas l'aider.

– Maman il est où ?

– Il est bien caché cette fois.

Je l'ai laissé chercher des minutes et des minutes le temps que je range mes affaires et que je mette nos tupperwares de ce midi dans le lave-vaisselle. J'ai même eu le temps de ranger le plan de travail que j'avais laissé en plan ce matin à cause de l'heure qui avait tourné bien trop vite. Je travaille souvent le matin quand je déjeune. Je m'adosse au bar en bois, un bol de yaourt aux fruits d'un côté, mon ordinateur de l'autre, et je regarde les projets que je dois finir dans la journée, les rendez-vous que je dois tenir avec les clients, les fichiers que je dois envoyer à l'imprimerie. Alors je devais mettre mon bol avec les tupperwares, et nettoyer le bois sur lequel se promenait quelques miettes.

Mais même après ça, elle n'avait toujours pas trouvé, pourtant elle était passée devant plusieurs fois.

– Allez maman aide-moi ! Juste un indice s'il te plaît...

Elle joignit ses mains comme pour me supplier d'arrêter de la torturer à la laisser chercher seule. Dans un rire tendre, je lui donnai son indice.

– Tu n'as même pas pris de goûter.

– Mais c'est même pas un in...

Une lueur passa dans son regard ; elle avait compris. Elle se rua sur le placard à goûter et fouilla dans toutes les boîtes qu'elle pouvait trouver. Rien ici. Alors elle se rua sur le bar sous lequel on avait mis des placards pour avoir plus de rangement pour la vaisselle qu'on ne comptait plus. Elle a cherché dans la coupelle de fruits. Enfin de pommes plutôt, c'était le seul fruit qu'elle et sa mère mangeaient. Et son trésor se cachait sous une pomme. Elle se mit à sautiller et me rejoignit pour qu'on lise le mot ensemble, comme si je n'avais pas vu Mahault l'écrire la veille au soir quand Isalis était dans les bras de Morphée.

Depuis que notre fille savait lire, Mahault s'amusait à lui cacher des mots dans la maison, pour jouer une dernière fois avec elle avant qu'elle ne revienne pour de bon. Ses petits bouts de papier étaient très précieux pour Isalis, c'était son réconfort quand elle rentrait à la maison avec qu'une seule de ses mamans. Elle les gardait dans une boîte bien rangée dans sa table de chevet, et personne n'avait le droit d'y toucher.

"Bonjour ma petite fleur, j'espère que tu as passé une bonne journée. Je t'ai préparé des petits gâteaux dans la boîte à pain pour le goûter et le petit déjeuner de demain matin. Je reviens très vite cette fois, ils ne m'ont pas donné de date de retour, mais je ne resterai pas plus de quatre jours c'est promis. Profite bien de maman et surveille bien qu'elle ne fasse pas de bêtises, je compte sur toi pour avoir un rapport dès que je rentre petit soldat Isalis. Je t'aime ma chérie, Maman <3"

Même si loin de nous, si loin de sa fille, Mahault réussissait à lui montrer qu'elle l'aimait, et c'est pour ça que je n'avais pas eu de doute sur la mère géniale qu'elle serait. Elle trouvait toujours le moyen de nous donner du temps dans son travail, elle appelait chaque soir à sa seule pause de la journée. A dix-huit heures, et vite mais pas assez, les minutes sont passées et le téléphone a sonné.

Nous allions passer au maximum trente minutes au téléphone, ce qui était le temps accordé pour les familles, même si ce n'était jamais respecté. L'appel durait la plupart du temps quinze minutes tout au plus. Je ne disais pas grand-chose pour laisser Isalis raconter toute sa journée. Elle avait besoin de ce quart d'heure de décompression avec sa maman, et jamais je ne la priverais de ce moment si important. Mais ce soir, Isalis est venue très tôt me rendre le téléphone, trop tôt même. Je l'interrogeais de mon regard, mais elle m'a simplement tendu le smartphone avant de retourner l'air bredouille dans le canapé, s'articulant dans cette position bizarre mais qu'elle adorait. Elle mettait l'une de ses jambes en tailleur, l'autre repliée et elle passait son bras sous la jambe levée de sorte à avoir le genou sur son épaule. On aurait dit une pause de yoga qui aurait mal tourné, elle semblait toujours emmêlée dans cette position.

J'approchais le téléphone de mon oreille, m'attendant au pire comme au meilleur, parce qu'en douze ans, Mahault n'avait demandé que très rarement à Isalis de me redonner l'appareil, et à chaque fois c'était pour allonger son déplacement ou pour parler d'un sujet qui ne concernait pas notre fille, autrement dit pour se disputer. Lorsque Mahault m'annonça qu'elle n'avait toujours pas de date de départ et qu'elle avait peur de rester plus longtemps qu'elle ne l'avait prévu parce qu'elle avait trouvé un enfant abandonné sur les lieux, je ne pus retenir un "ah" ahuri, surpris. Parce qu'encore une fois, ce travail si prenant me privait de ma femme. Parce qu'encore une fois je m'endormirai dans un lit vide et froid sans ses bras. Bien sûr, je n'ai rien dit, mais quand, hésitante, elle m'a demandé si elle pouvait rentrer avec ce bébé chez nous, je ne savais pas quoi répondre. "Louise, je te jure, il n'y a pas d'autres solutions, ils ne trouvent personne qui veuille bien s'occuper de ce bébé, et si je dis oui, je pourrais rentrer plus tôt, peut-être même bien avant si j'arrive à m'arranger avec le taff."

Chapitre 2, Louise

Je n'avais jamais voulu de deuxième bébé, parce que j'avais cette crainte de ne jamais l'aimer comme notre première fille. J'aimais tellement Isalis, je la trouvais plus parfaite que le mot perfection. Elle avait réparé toutes mes blessures, sans elle la lumière ne serait jamais allumée, même si Mahault savait allumer des allumettes. Isalis allumait les ampoules, je dirais même qu'elle n'avait pas besoin de les allumer parce qu'elle était ma lumière naturelle et éternelle. Je ne savais pas si j'étais en capacité de ressentir ça pour un autre bébé. Mais m'occuper d'un bébé qui n'était pas le mien, c'était pire que ce que j'imaginais. Je n'avais jamais connu son odeur, ses mouvements dans mon ventre, ses petites mimiques faciales qui voulaient dire qu'il n'était pas bien ou dans une position qui ne lui plaisait pas. Et lui ne nous connaissait pas non plus, il ne connaissait pas notre odeur et nos baisers sur son petit crâne dégarni. Nous étions des étrangers. Pourtant, la seule chose qui put sortir de ma bouche fut un "oui" timide et presque inaudible. Mahault me remercia une dizaine de fois avant de me dire qu'elle m'aimait et qu'elle m'embrassait. Quand elle raccrocha, je ne pus m'empêcher de lâcher un long soupir, plein d'angoisse et de craintes. Je regrettais déjà d'avoir dit oui. Mais je pensais à cet enfant seul et abandonné, attaché à ma femme depuis quelques heures. Je ne pouvais pas le retirer des bras de sa personne de référence après l'abandon brutal qu'il avait déjà vécu.

– Maman t'a dit pour le bébé ?

– Euh oui, oui elle m'a dit...

– Tu as dit oui ?

– Je... Oui, j'ai dit oui...

– Tu es une bonne personne maman, et ça va aller tu verras. On va tous gérer avec ce bébé.

Isalis réutilisait toujours ce qu'on lui disait pour la rassurer. C'était un automatisme, elle avait entendu ces mots toute sa vie lors de ses chagrins, de ses peines, de ses doutes, alors dès qu'elle pouvait, elle nous rendait ces mots si rassurants et si réconfortants. Je me mis à sourire bêtement, si elle décidait d'être mère, elle serait une mère douce et bienveillante, j'avais réussi mon projet.

"Je vais prendre une douche et on commande." Lui ai-je lancé en caressant ses cheveux lorsque je suis passée derrière elle, accédant aux escaliers derrière le salon. Comme réponse je n'ai reçu qu'un vague marmonnage, m'informant qu'elle avait entendu ce que je venais de lui dire.

Les escaliers étaient étrangement longs ce soir, je peinais à les monter, un pied après l'autre, une marche après l'autre. Plus je montais, plus je les voyais s'allonger devant moi. Pourtant, on n'avait compté que seize marches lorsqu'on apprenait les chiffres à Isa. Mais je pensais à la douche, qui m'aiderai sûrement à y voir plus clair, à relativiser sur la situation. Comme si l'eau qui épousait mon corps pouvait me faire épouser l'idée d'accueillir cet autre bébé. C'est des conneries quand dans les films ils prennent une douche et tout va mieux. Quand mon père est mort, j'ai pris une douche mais ça n'a rien fait. Quand j'ai fait une dépression qui me suit encore aujourd'hui, j'ai essayé de prendre des douches qui m'abîmaient encore plus. Quand Mahault et moi avons failli nous séparer pour de vrai j'ai pris une douche mais rien ne s'est arrangé. Alors ce n'était pas une foutue douche qui allait soigner mes incertitudes et mes peurs. Mais, dans un élan d'espoir débile, je me suis empressée d'entrer dans la salle de bain et de fermer la porte à clé. Je savais pertinemment qu'Isalis respectait mon intimité, mais ce soir j'avais terriblement besoin de cette distance qu'imposait le verrou. Il criait "n'entre pas, c'est un territoire protégé, avec une espèce protégée et peureuse", et l'espèce protégée et peureuse, c'est bien moi. Je me suis appuyée contre la porte quelques secondes, j'avais terriblement la flemme de prendre une douche. Lorsque nous n'étions pas encore mamans, nous avions un joker par semaine, c'est-à-dire qu'en cas de grosse fatigue ou de grosse flemme, nous ne prenions pas de douche ce jour-là. Mais quand Isalis est arrivée, on a arrêté, sinon elle aurait eu une mauvaise hygiène de vie et les services sociaux seraient venus nous retirer notre fille. Et ça, ça aurait été vraiment nul. Je me suis redressée et, avec nonchalance, je me suis dirigée vers le bain-douche. On avait choisi une douche très spacieuse, on pouvait y entrer à trois. Sans l'avouer, je pense que nous avons pris cette douche parce que dans notre premier appartement, le sexe était compliqué dans notre si petite cabine de douche, et nous n'avions pas de bain. Au moins, maintenant, nous avions de la place et on pouvait se détendre dans un bain brûlant, dans un bain-douche plus grand que les toilettes de cet ancien appartement, que nous avons chéri du plus profond de notre âme même s'il n'y semble pas.

J'ai ouvert la vitre et j'ai fait couler l'eau le temps de me déshabiller pour que celle-ci ne soit pas gelée lorsque je rentrerai dedans, déjà que je n'avais pas envie d'être mouillée, je n'allais pas être mouillée par de l'eau froide. J'ai accroché mes cheveux en un chignon mal fait mais très beau. C'est énervant de réussir à faire de si beau chignon pour aller se laver alors que quand il faut se préparer pour un rendez-vous avec des clients le chignon est soit trop bien fait, soit trop mal fait. Mais là, il était parfait. J'ai ouvert de nouveau la douche pour m'engouffrer dans cette chaleur et j'ai laissé quelques larmes perler sur mes joues avant de commencer à me laver. Même si ça n'avait pas le même effet que dans les films, j'aimais particulièrement ce moment, parce que je voyais ce corps nu qui était beau et vierge malgré une grossesse. Je voyais aussi ces dessins que j'avais décidé d'ancrer sur ma peau : ce portrait de mon père et moi, cette fleur que Mahault avait dessinée, cette déesse dans mon dos, ces visages défigurés sur le haut de mes bras, ces phrases dispersées sur mon corps, ce dessin ridicule d'Isalis, et ce soleil qui pleut. Ce soleil qui pleut que j'avais fait en étant si jeune. Ce tatouage était secrètement mon préféré, tant il était beau et puissamment chargé en émotion. Isalis m'avait demandé chacune des significations de mes tatouages, mais celui-ci, elle ne l'avait jamais réellement remarqué. Pourtant, il était là, sur le haut du côté de ma cuisse, et chaque fois que je le voyais, cette vague passait en moi. Je ne sais pas comment définir cette vague autrement, mon cœur se soulève un peu mais pas assez pour abîmer ma respiration. Il se soulève juste assez pour que mon sourire apparaisse, celui que j'avais quand j'étais petite et que ma mère me payait une barbe-à-papa à la fête foraine alors que la fin de mois l'empêchait de manger le midi. J'admirais mon corps de m'avoir laissé le blesser autant avec ces minuscules aiguilles qui avaient perforé ma peau, sans jamais faiblir, mais cet ancrage ne l'avait pas blessé. Il l'avait réparé.

Je me suis dépêchée de rincer le savon bio que j'utilisais pour ne pas avoir de plaques ni de démangeaisons, parce que depuis la grossesse mes hormones avaient changé et je ne supportais plus aucun produit, puis je suis sortie de ce cocon de pure chaleur. J'imaginais déjà ma fille desséchée dans le canapé, inerte à cause de la faim et de la soif que je lui avais causé par une absence trop longue pour une douche de quelques minutes. Une douche qui devait me détendre et m'apaiser mais qui m'avait juste lavée de la saleté accumulée dans la journée. C'était déjà ça. Plus je vieillissais, plus je me rendais compte à quel point l'Homme en attendait toujours plus de simples actions de la vie. Lorsqu'on mange, on s'attend à être submergé d'émotions positives alors qu'on mange juste pour tenir debout. Lorsqu'on se lave, on espère ne plus avoir de problèmes ou trouver des solutions à ceux-là, mais c'est ridicule parce qu'une douche sert juste à retirer la saleté qui s'est déposée sur nos cellules durant la journée. L'Homme cherche toujours plus d'émotions, d'utilités, dans des choses qui ne peuvent pas en avoir. Et lorsqu'il s'en rend compte, il est déçu, comme si c'était la nourriture ou la douche qui étaient en tort. Mais c'est plutôt lui qui est en tort d'espérer tant de choses de la part de choses qui ne sont même pas conscientes. Moi j'avais cessé d'espérer depuis longtemps, parce que la nourriture m'avait rendu malade et que la douche était une étape des plus difficiles lors de la dépression. J'ai regardé le reflet de cette douche immense dans le miroir juste en face. Lui non plus n'était pas là pour rien, mais ce n'est pas vraiment le sujet. L'Homme cherche à humaniser tout ce qu'il voit, tout ce qu'il touche, mais une douche, ça ne s'humanise pas, alors une douche ne règle rien et ne fait rien oublier.

J'ai attrapé ma serviette chauffée par notre radiateur mural et je me suis nichée dedans. La chaleur c'est réconfortant, mais ça ne règle toujours pas les problèmes. Je ne suis pas restée longtemps emmitouflée dans le tissu rêche, pensant de nouveau à Isalis qui devait être impatiente de manger. J'ai frotté la serviette sur mon corps sans pour autant m'irriter la peau, et une fois sèche et entièrement démaquillée, j'ai enfilé mon short de pyjama Spider Man que j'avais depuis l'université, mon débardeur noir et je suis descendue à la hâte, inquiète pour la vie de ma sublime, magnifique, fantastique progéniture.

En fait, elle allait bien. Elle regardait une émission sur les tatouages moches que de réels artistes s'amusaient à juger et à recouvrir. Ils faisaient de vrais chefs d'œuvres, ils arrivaient à recouvrir une bite par une magnifique branche de cerisier. Ou ils couvraient un ver de terre sur un skate avec une superbe silhouette féminine. Isalis aimait beaucoup les tatouages, mais je ne pouvais pas être le genre de mère à dire : "Tu n'auras jamais mon accord pour abîmer ton corps que j'ai mis neuf mois à créer !" Même si l'envie me chatouillait la gorge. Sa mère et moi étions remplies de gravures noires bleutées par le temps. Et si j'en avais beaucoup, Mahault en était remplie. Lorsque nous étions jeunes, je m'amusais à colorier ses tatouages pour passer le temps, mais maintenant nous n'avions plus de temps pour faire ce genre d'activité enfantine. C'est ce qui me manquait le plus depuis que nous étions adultes, nos moments d'enfants, mais j'avais appris à accepter que cette partie-là de vie était terminée, et qu'il fallait laisser le temps au temps. Même si quelques fois, on fait encore des batailles d'eau dans la douche. J'ai empoigné mon téléphone que j'avais laissé sur le plan de travail de la cuisine, j'ai répondu à quelques messages, en laissant d'autres en attente par flemme d'entamer une discussion sur un sujet minable, puis j'ai commandé sur une plateforme de livraison à domicile. Ce truc est vraiment génial, tu manges ce que tu veux quand tu veux et chez toi, sans même bouger tes fesses de ton canapé. Enfin il faut ouvrir la porte au livreur mais ça ne compte pas vraiment parce que tu ne sors pas. Je me suis affalée dans le sofa à côté de ma merveilleuse fille.

Chapitre 3, Isalis

Parfois, maman s'affale dans le canapé comme si elle avait quinze ans. Et je me rends compte qu'il fut un temps, elle avait mon âge. Parfois j'ai du mal à me dire qu'elle existait avant moi. Ça me semble faux, mais je sais que ça ne l'est pas. Je crois que j'aurai aimé la connaître lors de sa jeunesse, parce que quand mes tatas me racontent des anecdotes sur la vie de ma mère, j'ai tendance à ne pas y croire. Ma préférée reste celle où maman aurait éduqué les garçons de son collège sur la vie sexuelle d'une femme et d'un couple de femmes, sans se cacher et sans censurer certains de ses mots. Elle se battait depuis toujours contre les préjugés et les clichés sur les femmes et sur les couples de lesbiennes. Et même si aujourd'hui elle s'était calmée un peu, elle gardait toujours une rage noire bien enfermée dans une boîte.

Ma mère est ce genre de femme, qui défend les victimes et qui éduque les mauvaises personnes. D'ailleurs, ça fait d'elle une super maman. Elle ne m'a jamais mise au coin, elle ne m'a jamais donné de correction, elle n'a jamais cherché à me menacer ou à me faire peur. Elle m'expliquait les choses, elle était patiente, et elle criait quand j'étais vraiment horrible, même si je ne l'étais pas souvent. Même lors de grosses colères, elle réussissait à rester calme et à ne pas se laisser emporter par toutes ces choses négatives qu'elle pouvait penser. La petite voix dans sa tête qui pouvait rendre certaines personnes folles n'avait jamais pris le dessus sur sa rationalité.

Je regardais une émission sur les tatouages moches que les gens se faisaient recouvrir quand maman s'est jetée à côté de moi. J'adorais les tatouages, je trouvais que ça pouvait être très réparateur pour les gens. Mais certains en abusaient carrément ! Comment peut-on avoir envie de se faire tatouer un pénis ou "open bar" au-dessus de la partie intime ? Il y en a même qui se font tatouer un singe de dos au niveau de leur nombril pour que celui-ci forme l'anus du singe. Les gens peuvent être tellement débiles. Je détestais qu'on relie les tatouages à ce genre de stupidité alors que certains encrages étaient de vraies œuvres d'art.

Mes mamans sont remplies de tatouages, enfin surtout maman Mahault. Je ne sais pas s'il lui reste de la place pour en faire d'autres tant elle en a. Maman Louise, elle, les gardait toujours plus discrets. Même si la déesse dans son dos ne l'était pas, elle prenait tout son dos, mais il restait de la place pour faire des sigils. Elles ne m'avaient jamais élevée dans la religion pour que je puisse choisir de moi-même, mais je savais que dans le bureau, une étagère était dédiée à la religion de maman Louise. Elle ne voulait jamais trop en parler, parce qu'elle n'aimait pas qu'on se moque ou qu'on ne cherche pas à comprendre ce que voulait dire être helléniste. Quand j'étais plus jeune, j'aimais la regarder prier et manifester à travers le trou de la serrure. Je savais que je ne devais pas la déranger alors je n'essayais jamais d'entrer, mais à chaque fois qu'elle ressortait de la pièce, j'allais voir ce qu'elle avait rajouté sur l'étagère. Des épluchures de fruits, des pierres, des fleurs, de l'eau de lune, c'était vraiment joli. Pourtant jamais je ne lui en avais demandé plus, je ne voulais pas m'engager dans quelque chose de si compliqué.

J'ai fini par me reconcentrer sur l'émission.

– Les gens sont vraiment débiles à se faire tatouer ce genre de choses, ai-je affirmé sans même me dire que c'était un gros jugement que je faisais là.

– Tu sais parfois quand on est jeune, on fait des bêtises qu'on est sûr de ne jamais regretter, puis finalement on regrette.

– Tu en regrettes toi ?

– Non, je n'en regrette aucun, parce qu'ils ont tous une signification trop importante pour que je puisse regretter.

– Mon préféré c'est la fleur que maman a dessinée. Et toi ?

– C'est compliqué de choisir, je les aime tous tellement ! Mais je dirai que ton petit bonhomme tout moche je l'adore !

Et voilà que j'étais encore une fois gênée pour ce truc tout moche. Maman Louise avait pris l'un de mes dessins que je lui avais offert en maternelle. C'était l'un de mes premiers bonhommes. Le trait n'était pas sûr, il tremblait. J'avais fait deux cercles empilés avec des bâtons placés assez approximativement pour faire des bras et des jambes à mon bonhomme. Je crois que le pire de ce dessin, c'était le visage, ses yeux étaient disproportionnés, son nez était anguleux et sa bouche allait de part et d'autre de son visage. Horrible quoi, et elle avait décidé de se le faire tatouer.

Des tatouages, elle en avait plein, et je connaissais toutes les significations. Depuis petite j'adorais lui demander pourquoi elle avait des visages ou encore des phrases éparpillées sur son corps, et j'adorais encore plus ces moments d'intimité où elle me comptait des bouts de son histoire. Ma mère n'avait pas de tatouage pour rien ou juste par envie d'esthétique, elle avait ancré en elle les choses qui l'avaient marqué. Cependant elle en avait un sur le haut de sa cuisse, un soleil avec des gouttes de pluie dessous, pour lequel je n'avais pas de signification. Il en avait sûrement une, il n'avait pas été mis ici par hasard, mais elle n'en parlait jamais, ne le regardait jamais et semblait parfois même l'oublier. Je n'avais jamais demandé pourquoi il était là, depuis petite je sentais qu'elle n'avait pas envie de me raconter l'histoire de celui-ci. Elle le rangeait comme un secret qu'on range au fond d'un tiroir de sa mémoire pour éviter qu'il ne soit révélé. Mais maman m'avait appris à être une jeune fille curieuse, je voulais comprendre ce qu'il faisait là, ici et pourquoi. Je le voyais aujourd'hui plus que les autres fois, et je voulais savoir pourquoi elle le cachait souvent, pourquoi elle rangeait ce secret avec tant de précaution. Et maman m'avait appris que les secrets pouvaient parfois être destructeurs. J'allais en profiter, là que je le voyais grâce à son short légèrement remonté.

– Maman, je peux te poser une question ?

J'ai pris un air sérieux, ce qui a eu l'air de la surprendre, elle allait imaginer pleins de trucs. Peut-être qu'elle allait croire que je voulais un tatouage.

– Pourquoi tu ne parles jamais de celui-ci ?

J'ai posé doucement mon index sur sa cuisse, comme si j'allais abîmer l'encrage incrusté à jamais dans sa peau.

Elle a eu l'air surprise que je pose cette question. Je m'en suis un peu voulu, mais d'un autre côté maman me disait toujours qu'elle ne me cacherait rien. Alors j'ai attendu qu'elle réponde.

Chapitre 4, Louise

Elle n'avait jamais demandé ce qu'il signifiait, alors que les autres l'avaient intéressé de nombreuses fois. J'avais expliqué des dizaines de fois pourquoi j'avais une fleur entre les seins, ou pourquoi j'avais une phrase sur le côté de mes mains, mais celui-ci je n'avais jamais eu besoin de trouver les mots simples et compréhensibles pour que ma fille comprenne ce dessin. Je ne savais pas si je devais lui dire la vérité ou mentir jusqu'à temps que je l'estime assez vieille pour comprendre. Mais à quatorze ans, on comprend les choses. A quatorze ans on connaît la différence entre ami et amoureux, entre un bisou et embrasser, entre soi et sa maman. On connaît plein de choses à quatorze ans, on apprend même à comment créer un bébé pendant les cours de SVT. Depuis quelques années, des cours d'éducation sexuelle et émotionnelle avaient été mis en place dès la primaire, ce que je trouvais génial. Apprendre à des enfants à faire la différence entre aimer ses parents et son copain d'école c'était important, apprendre à des enfants que personne n'a le droit de toucher leurs parties intimes c'était primordial. Alors à quatorze ans, je crois qu'une adolescente est assez vieille pour comprendre que sa mère a eu un premier amour avant d'être avec sa mère.

– C'est une super longue histoire, et si je te la raconte, ça sera encore plus long qu'*Avatar, la voie de l'eau* et on n'aura pas le temps de le regarder. Ai-je tenté pour fuir la situation. Je la trouvais prête, mais moi je ne l'étais pas forcément.

– On l'a déjà vu plein de fois, et j'ai envie de savoir pourquoi tu as un soleil qui pleut sur la cuisse, dis oui s'il te plaît maman.

– D'accord chérie, mais tu dois garder l'esprit ouvert, d'accord ?

– Promis.

Bien sûr que je savais qu'elle ne me jugerait pas, mais je savais qu'à la fin de cette histoire, elle aurait une part d'elle qui me détesterait d'avoir ce sublime encrage sur la peau. Mes proches avaient eu du mal à accepter ce tatouage. Mahault le rejetait, ma mère le trouvait ridicule, ma sœur l'oubliait, mais moi je l'aimais. Moi je le trouvais beau et parfait. Je le trouvais à sa place, et indispensable. Il était là pour une raison, et jamais il ne partirait, tout comme les traces qu'avaient laissé *tout ça*.

J'ai pris quelques minutes avant de parler et même de penser. Je ne voulais pas parler de ça avec ma fille. C'était un sujet que je ne voulais plus aborder si je n'en étais pas obligée. Mais là je devais le faire, parce que depuis toujours je lui disais que je ne lui cacherai jamais rien.

J'ai soufflé, puis je me suis permise de penser avant de parler, ce que je ne faisais pas souvent.

Chapitre 5, Louise

Je m'étais raisonnée, forcée, fait violence, fait confiance depuis toutes ces années pour ne plus penser à ça. Pour ne plus penser aux coupures sur mon cœur. Pour ne plus penser à ce que j'avais vu. Pour ne plus penser à ce que j'avais entendu. Pour ne plus penser aux sous-entendus. Pour ne plus penser à *elle*.

Pour ne plus penser à Paolina.

Paolina était ma première copine, mais surtout la première personne dont je suis tombée éperdument amoureuse. Je l'avais rencontrée à l'âge de treize ans au collège. Elle avait un an de plus. Je me souviens très bien de la situation : j'avais dit quelque chose de complètement ridicule, je ne sais plus quoi, mais elle m'avait trouvé drôle et je lui ai plu directement. Elle a demandé à une copine de lui donner mes réseaux sociaux pour m'envoyer un message, ce qu'elle a fait. Puis nous ne nous sommes plus quittées ensuite.

Nous étions si jeunes, si naïves, si destructrices, si ignorantes. Mais nous étions si enjouées, si amoureuses, si heureuses. Personne ne comprenait vraiment, parce qu'à cet âge ce n'est qu'une petite amourette. Ça ne dure jamais, et ça n'a pas duré, mais quand on m'a assuré que je ne pleurerais que quelques jours, peut-être deux semaines, mais que j'ai pleuré dix ans, pleurant toujours parfois, je les ai tous détestés, les tenant responsables de ma douleur.

Remuer tous ces souvenirs n'était pas simple, parce que la chasser avait toujours été impossible. J'avais tout fait, peu importe comment et quand, elle revenait dans mon esprit chaque fois et quelque fois elle revenait dans ma vie. Si j'essayais de la faire disparaître de mon monde, elle savait toujours où me trouver, elle savait toujours comment me trouver, elle savait toujours que j'étais la même qu'il y a vingt et un ans maintenant. Elle savait toujours tout. Mais finalement, quand je me posais vraiment la question à moi-même, quand je n'écoutais pas les gens autour qui me disaient comment penser et comment je devais ressentir les choses, penser à elle n'était pas une torture, au contraire. Je n'avais jamais détesté penser à elle, enfin peut être au début, mais avec le temps, j'aimais me rappeler tout ça. J'aimais me rappeler d'elle. J'aimais me rappeler de son amour et du mien.

Le souci, là, maintenant, c'est que je ne savais pas comment aborder correctement le sujet avec Isalis, par où commencer et ce qu'elle allait en penser. Je ne savais pas si je devais être crue ou censurée dans mes paroles. Je n'y avais jamais réellement réfléchi avant. En même temps, on ne pense pas à ça quand on éduque un enfant. On pense à lui apprendre le vivre ensemble, on pense à lui apprendre à se brosser les dents, on pense à lui apprendre à être juste. On ne pense pas à lui parler de son amour passé. Mais je ne voulais pas mentir, je ne voulais pas romantiser la chose ou au contraire la rendre horrible. Je voulais qu'elle ait la bonne version, qu'elle comprenne réellement ce qu'il s'était passé et ce qu'il se passait sûrement toujours. Qu'elle comprenne que ce tatouage n'était pas un caprice d'une ado de dix-huit ans, mais plutôt une libération, une douleur réparatrice.

– Ce tatouage je l'ai fait lorsque j'étais assez jeune, je devais avoir à peine dix-huit ans. Ta mère était vraiment contre d'ailleurs. Elle le déteste toujours autant, parce que je l'ai fait par rapport à quelqu'un, à une autre fille que j'ai rencontrée bien avant.

Je sentis immédiatement le jugement dans son regard. Elle était pleine de mépris, pourtant nous ne l'avions pas apprise ainsi. Mais parfois, il est impossible de garder son jugement pour soi, et dans cette situation précise, c'était au-dessus de ses forces. Je sentis une pression dans ma poitrine, mon souffle devenait plus fort, je stressais face à mon propre enfant et je me sentis dans l'obligation de me justifier avant même de tout lui expliquer dans les profondeurs.

– Ce n'est pas n'importe quelle fille Isa, et c'est ce qui est dur à concevoir. Paolina est la toute première fille que j'ai aimée et avec qui je suis sortie. J'étais plus jeune que toi. Je n'avais que treize ans lorsqu'on a commencé à se parler, mais même si nous étions jeunes, je l'aimais plus que tout. Ne me regarde pas comme ça, ne me juge pas, je ne suis pas illégitime d'avoir fait ça je te l'assure. Et tu vas comprendre, enfin je crois que tu es capable de comprendre.

Et voilà que je confiais à ma fille ma plus grande faiblesse, l'histoire qui avait impacté chacune de mes actions, chacune de mes facettes, chacune de mes relations jusqu'à aujourd'hui. Je confiais à ma fille pourquoi j'étais cette personne-là. Je montrais à ma fille mes coupures les plus profondes. Je contais l'histoire de ma vie à ma fille, et c'était comme lui tendre la main vers un paysage qu'elle ne connaissait pas, vers un paysage que j'avais longtemps effacé. J'avais envie de finalement faire demi-tour et de refermer la porte sur ce paysage pour qu'il reste dans l'ombre, qu'il reste derrière cette porte fermée par une quarantaine de verrous tout du long de celle-ci. Mais maintenant que j'avais commencé, il m'était impossible de m'arrêter là, elle m'en voudrait de juste faire demi-tour, de choisir la simplicité quand nous lui apprenons à ne jamais choisir le chemin fleuri mais plutôt celui plein de boues et de sables mouvants.

– Je lui aurai tout donné et j'aurai tout fait. Si elle m'avait demandé de lui offrir mes reins, mes poumons, mes membres, même mon cœur, j'aurais dit oui, je les aurais arrachés de mon corps pour lui implanter au plus vite. Si elle m'avait demandé de me jeter d'un pont sans réfléchir et sans qu'elle ne me donne de raison, je serais passée par-dessus le pont, parce que j'avais confiance en elle et en ce qu'elle était. Nous ne sommes restées ensemble que quelques mois, pour autant ces mois ont été si intenses. On se voyait presque tous les jours, ne laissant jamais le manque s'installer. Plus les jours passaient, plus elle s'ancrait en moi. C'était tellement fou comme sensation, mon âme était imprégnée de la sienne, je ne saurai pas expliquer ce que je veux dire par là, mais je la sentais en moi sans arrêt. Quand j'avais du mal à respirer, elle pressait mon cœur pour que mes poumons puissent fonctionner. Quand mes jambes ne supportaient plus mon poids elle enfilait ses gants de marionnettiste pour m'aider à marcher. Elle était continuellement là, dans mon être. Mais forcément, tu t'en doutes bien, l'amour ne dure jamais longtemps à cet âge-là, alors elle m'a dit qu'elle voulait arrêter. Je crois qu'elle m'a dit avoir besoin de temps pour réfléchir. Elle a réclamé une pause, mais une pause mène souvent à une rupture totale. Et c'est ce qu'il s'est passé puisque quelques jours après elle m'a dit qu'elle ne m'aimait plus et qu'elle ne voulait plus être avec moi.

Pour autant, une ou deux semaines après, elle m'a envoyé un message pour se moquer de mon béret moutarde, tu sais celui que tu m'as volé en pensant que je ne m'en rendrais pas compte ? L'incriminais-je en riant, suscitant un sourire gêné sur son visage si sérieux depuis le début de mon récit. Elle avait trouvé un prétexte pour m'envoyer un message, mais elle m'assurait que je ne lui manquais pas. Quand je lui demandais si elle comptait envisager quelque chose avec moi de nouveau, elle disait ne pas savoir, être perdue. Enfin bref, comme à chaque fois, elle me rejetait quand j'avais besoin d'elle et je la rejetais quand elle avait besoin de moi. Une relation immature sur tous les points, sauf sur l'amour qu'on se portait. On s'aimait beaucoup trop et de façon trop adulte pour un si jeune âge.

Puis du jour au lendemain, nous avons arrêté de nous parler, on s'évitait dans les couloirs du collège, on évitait de se regarder ou même de parler l'une de l'autre, comme si c'était une bonne décision. Heureusement, l'établissement était grand, ce qui rendait ça plus simple. En plus nous étions en période de Covid et les niveaux de classe étaient séparés dans les cours, et par chance nous étions dans deux cours différentes. Enfin je dis par chance mais j'avais tellement mal, je sentais un vide immense dans ma tête, dans mon cœur, dans mon corps tout entier. Je me sentais courbaturée, comme si je combattais chaque jour contre le manque de quelque chose. Je crois qu'on peut même parler d'addiction à ce stade. Longtemps j'ai pensé qu'elle allait très bien, que ça ne l'impactait pas, parce qu'elle ne m'aimait plus. Mais j'ai appris bien plus tard qu'elle aussi ressentait ce vide immense, et qu'elle aussi avait mal de ce départ brutal que nous nous étions imposées seules. Elle aussi était addicte à moi, mon odeur, ma présence, ma peau, mon contact.

Entre temps, j'ai rencontré quelques filles, je ne saurai te citer leur prénom, parce qu'aucune ne valait Paolina. J'ai tenté de retomber amoureuse plusieurs fois, avec plusieurs types de filles. Des gentilles, des moins gentilles, des très féminines, des masculines, des blondes, des brunes, mais je ne trouvais jamais ce quelque chose que je cherchais en elles : cette trace de Paolina. Un trait de caractère, des mimiques ou encore son odeur, elles n'avaient rien d'elle. Mais je voulais tellement y croire que je forçais le destin sans arrêt, je me forçais à aimer ces filles que je ne trouvais pour la plupart pas si géniales. Elles étaient trop basiques, toujours trop basiques, et je ne me sentais jamais en accord avec mes gestes envers elle, mais j'étais censée être amoureuse, alors j'enfonçais cette peine en moi et je faisais ce qu'on fait quand on a quinze ans et qu'on est amoureuse : des bisous, des câlins, se tenir la main lorsqu'on marche, se caresser les cheveux pendant des heures. Mais même si elles m'embrassaient, me câlinaient, me tenaient les mains lorsqu'on marchait et me caressaient les cheveux pendant des heures, elles n'étaient pas Paolina. Paolina n'était pas ce genre de fille à montrer son amour avec des mots ou des gestes trop visibles, elle préférait rester discrète et aimer sereinement. C'était comme un amour installé, qu'on ressentait, sans pour autant avoir besoin de se toucher. Un fil nous reliait et c'était assez, et ce fil ne pouvait pas être coupé et raccroché à quelqu'un d'autre. Je l'ai compris un jour, peut-être trop tard, mais j'ai fini par ne plus essayer.

Finalement, Paolina m'a envoyé un message. Je venais de perdre mon père quelques semaines plus tôt, et j'avais écrit quelque chose sur les réseaux sociaux parce que je souffrais beaucoup de ce départ. Je ne pouvais pas en parler avec mamy parce qu'elle ne comprenait pas ma tristesse. Je ne pouvais pas en parler avec mes amies parce qu'elles étaient vite gênées par le sujet. Je ne pouvais pas en parler avec la famille du côté de papy parce que c'était devenu un tabou. Alors j'écrivais des posts sur les réseaux sociaux pour réussir à apaiser ma haine et mon mal-être. Paolina l'avait vu, l'avait lu, et comme c'était une bonne personne, elle m'avait envoyé un message très tard le soir pour savoir si j'allais bien et si j'avais besoin de parler de mon père, qui était certes mort mais qui restait mon parent.

Chapitre 6, Louise

Je m'arrêtais une seconde pour que la salive dans ma bouche ne s'assèche pas trop et pour qu'Isalis prenne un temps pour assimiler ce que je venais déjà de lui dévoiler. Ça ne devait pas être simple pour elle d'imaginer sa mère follement amoureuse à son âge. C'était visiblement le bon moment puisque la sonnette entraînante que nous avions installé le mois dernier se mit à retentir dans toute la maison. Je déteste les sonnettes basiques qui font un bruit horrible et qui donnent envie d'insulter la personne qui vient d'appuyer sur le bouton à côté de la porte. Puis j'ai fini par trouver sur un site une sonnette qu'on peut relier à son téléphone pour mettre le son de son choix. Je n'ai pas réfléchi, je l'ai acheté et le père de Mahault est venu l'installer la journée même. Désormais je n'en voulais plus aux livreurs de nous réveiller avec le générique des Totally Spies.

Je bondis sur mes pieds pour aller ouvrir. Avant de le faire, j'ouvris mon portefeuille pour en sortir un billet de dix euros et j'attrapais enfin la poignée. Un livreur emmitouflé dans une écharpe et un bonnet rouges devant son vélo m'attendait sur le pas de la porte. Ils me faisaient toujours culpabiliser d'avoir commandé lorsque le froid venait me chatouiller le visage alors que je n'étais pas tout à fait dehors.

– La commande de Louise numéro 3097 ?

– C'est ça, merci beaucoup !

Quand je lui tendis le billet que je lui offrais, il eut l'air surpris et me remercia plusieurs fois, comme si je venais de lui offrir la Lune. Et j'ai soudainement eu de la peine pour lui. Avant qu'il ne parte pour de bon, je lui ai souhaité une bonne fin de soirée. Il méritait au moins ça. Quand on donne un pourboire à quelqu'un, on se sent de suite mieux. Les gens ont tendance à penser qu'on fait ça pour se revaloriser, se donner une bonne image pour soi-même et à celui à qui on donne. Mais moi je ne suis pas d'accord, je ne fais pas ça pour prouver que je suis quelqu'un de bien. Je le fais parce que moi-même j'ai travaillé dans un domaine qui ne me plaisait pas, et quand les clients me disaient que je le faisais bien ou qu'il me donnait quelques euros, je trouvais ça plus simple de travailler avec le sourire. Il méritait un pourboire pour faire du vélo sur des dizaines, parfois des vingtaines de kilomètres, dans un froid horrible et parfois sous une pluie qui glace le sang. Mais même avec ce billet couleur saumon, je ne me déculpabilisais pas de commander et de choisir la facilité.

Finalement, j'ai refermé la porte à clé à double tour, avec la clé à l'horizontale dans la serrure, pour être sûre que personne ne pourrait essayer de la crocheter. C'était un toc que m'avait transmis ma mère, et j'avais si peur qu'il nous arrive quelque chose que je voulais effacer le moindre risque, comme si le fait de faire ça empêchait réellement les cambrioleurs de rentrer. Mahault avait pris l'habitude de le faire elle aussi, mais Isalis ne comprenait pas cette crainte et ne le faisait jamais, ce qui lui valait des sermons de dizaines de minutes de la part de ses mères complètement effrayées, c'était dur de faire un enfant en tant que couple de femmes alors imaginer qu'on puisse nous retirer notre enfant d'une quelconque manière, c'était une torture. J'ai traversé le couloir et je suis revenue dans la salle, mais ma fille n'était plus là.

J'avais approximativement trois minutes pour sortir le plateau de lit, tout disposer sur celui-ci et l'attendre dans le canapé comme si je n'avais pas couru partout pour que tout soit prêt à son retour des toilettes.

En réalité, elle n'était pas aux toilettes. Elle était partie chercher des plaids très épais qu'elle avait piqué dans le coffre de ma chambre. Elle avait pris le bleu marine à cœurs blancs que mon père m'avait offert au seul et dernier noël que nous avions passé ensemble et le blanc à carreaux de toutes les couleurs que sa mère avait reçu au noël d'il y a une dizaine d'années. Sur ces plaids étaient posées une boîte de chocolats que je n'avais pas acheté et une multiprise qu'elle avait dû débrancher de dessous son lit. Même si j'étais encore essoufflée de la vitesse à laquelle j'avais tout disposé sur le canapé, je me suis levée pour l'aider. Elle me faisait un peu de la peine à ne pas voir ses pieds et donc ne pas voir où elle allait. Et si elle tombait, elle allait vraiment se faire mal.

Elle ne le dit pas, mais je surpris ce petit sourire sur ses lèvres quand elle arriva sur le canapé. Elle était contente que j'ai installé nos menus sur le plateau, on allait passer une soirée plutôt cool, sans avoir besoin de débarrasser ou de nettoyer la table ou le bar. Nous nous sommes assises pour de bon en nous emmitouflant dans les couvertures tout en faisant attention à ne pas faire valser nos boissons et nos burgers. Elle prit la boîte de chocolats qu'elle avait laissée sur le côté. Je ne me souvenais vraiment pas de l'avoir acheté, et Mahault n'aurait pas acheté une boîte de chocolats sans m'en proposer. Isalis retira le haut de la boîte et me les présenta. Ils étaient tous en forme de cœurs, de plusieurs nuances de couleurs différentes.

– On en mangera pour le dessert, ça te dit ?

– Bien sûr, mais c'est maman qui a acheté cette boîte de chocolats ? Elle ne me l'a pas dit.

Elle rougit et baissa les yeux, comme si je venais de la crier. Et il était rare que je crie, je préférais qu'on discute de façon posée, sans hausser le ton pour rien. Je ne voulais pas que ma fille subisse l'éducation totalement lunatique que m'avait donnée ma mère, galérant à m'éduquer seule.

– Non, c'est Noé, il a voulu s'excuser pour un petit truc.

– Quel genre de petit truc ?

Je n'étais pas très à l'aise avec le fait qu'elle ait un copain quand elle nous l'a dit. C'est normal d'être amoureuse à cet âge-là, on commence à découvrir l'amour, les bisous, les câlins, l'affection, le sexe. Mais les garçons n'évoluent pas, ils restent dangereux. Ils ne le sont pas tous, mais j'étais craintive pour mon enfant. Ce n'était peut-être pas tous les hommes qui étaient accusés d'abus, mais toutes les femmes avaient une histoire à raconter. Je me mis à imaginer n'importe quoi : violence, insulte, abus physique, abus moral...

– Il m'a mal parlé la dernière fois, mais c'est pas très grave.

Mal parlé pouvait dire beaucoup de choses. On peut se disputer, mais avec des limites. Est-ce qu'il avait respecté ses limites ? Avait-il fait attention à l'emploi de ses mots pour ne pas la blesser inutilement ? Qui avait élevé ce garçon et comment ? Je restais silencieuse mais mon expression devait sûrement me trahir.

– C'est bon maman, fais pas ta tête de démon. Toi aussi tu te disputes avec maman, et vous aussi vous vous parlez mal des fois. L'important est de s'en rendre compte. Moi non plus je n'ai pas été gentille, mais il s'est excusé.

Elle avait posé ses limites, et il les avait respectées.

– On peut arrêter de parler de Noé et parler de ton histoire ?

Isalis était irritée par la situation, et je ne voulais pas être intrusive dans sa vie. Même si là maintenant, c'était elle qui était intrusive. Mais elle avait bien le droit de l'être, j'étais sa maman et être maman veut dire donner des exemples et des anecdotes de vie pour que l'enfant ne fasse pas trop de bêtises semblables aux nôtres.

– Si tu veux ma puce.

Et alors je repris mon récit digne d'un film ou d'un roman, mais qui était bien mon histoire.

– Comme je te l'ai dit plus tôt, elle m'a envoyé un message très tard dans la soirée parce qu'elle avait appris le décès de papy. Et elle savait qu'avec papy, nous n'avions pas une très jolie histoire. Paolina n'avait jamais eu de mal à me rassurer sur toutes les incertitudes que m'avait créé mon père, que ce soit sur la beauté des choses, sur la beauté de la vie, sur l'amour que l'on pouvait m'apporter, sur ce que j'avais le droit de ressentir et sur ce que les autres pouvaient penser de moi. Alors ce soir-là, nous avons parlé de mon père une heure peut-être. Et ça m'a fait tellement de bien ! Je me souviens encore d'avoir parlé de nos derniers mois pendant lesquels nous avons essayé de rattraper des années perdues. Et elle n'a pas cherché à parler d'elle à ce moment-là, parce qu'elle savait que j'avais besoin qu'elle m'écoute.

Puis nous avons changé de sujet, naturellement, parce que c'est ce que font les gens quand ils entament une discussion de plusieurs heures et qu'ils se connaissent autant. Nous avons parlé des études qu'elle avait commencé pour travailler dans le social, de mes études plutôt simples puisque j'allais passer le brevet. Nous avons parlé de sa famille que je n'avais jamais rencontrée parce qu'elle n'avait rien dit à ses proches pour *ça.*

– Pour *ça* ? me coupa Isalis, les sourcils froncés et l'incompréhension collée à son visage.

– Pour sa part d'homosexualité. Ses parents étaient vraiment contre à l'époque. Mais elle avait fini par leur dire, parce qu'elle sortait avec une fille. Jéanne. Je me souviens de ce prénom que je détestais mais que je trouvais pourtant si mélodieux. Je lui en voulais qu'elle ait eu ce déclic pour ne plus m'aimer. Et elle était amoureuse d'une autre fille. Elle embrassait une autre fille, elle câlinait une autre fille, elle tenait la main d'une autre fille, elle couchait avec cette fille et surtout, elle avait présenté cette fille à sa famille. J'étais tellement blessée d'avoir été un secret pendant que cette autre ne l'était pas. J'ai pris quelque temps à comprendre que ce n'était pas parce qu'elle ne voulait pas m'inclure dans cette partie de sa vie, mais parce qu'elle ne le pouvait pas. Cette fille lui avait posé un ultimatum, elle n'avait pas eu le choix cette fois. Et personne ne devrait être obligé de dire ce genre de choses à ses proches pour garder quelqu'un près de soi. Mais je ne pouvais pas m'empêcher de la jalouser. Moi je ne l'avais pas connu dans sa famille. Et pour te parler sincèrement, moi je n'avais connu que ses lèvres. C'était pas juste, parce que j'étais sûre et certaine de l'aimer plus sainement, de l'aimer correctement pendant que cette fille fautait assez souvent. Tu te doutes que je n'ai pas laissé transparaître cette rancœur et j'ai préféré mentir en disant que j'étais très heureuse pour elle, qu'elle méritait d'être heureuse et que je lui souhaitais que tout se passe pour le mieux avec Jéanne. D'un côté j'étais d'accord avec ce que je disais, elle méritait d'être heureuse et d'être aimée, mais pas avec cette fille. Je voulais qu'elle le soit avec moi. Cette fille avait pris ma place quand aucune n'avait réussi à prendre la sienne.

Cette nuit-là, quand la conversation était sur le point de se terminer pour de bon, nous parlions d'un autre sujet. Je n'avais tellement pas envie que ça s'arrête que j'ai fait comme si je m'étais endormie après avoir envoyé un message. Ainsi, j'étais sûre de devoir répondre le lendemain matin, assurant que je pourrais lui parler sans que ça paraisse bizarre ou de trop.

Et ça a plutôt bien fonctionné puisque nous avons parlé des jours et des jours. Mais toujours sans parler de ce que nous avions ressenti, de ce que je ressentais encore, mais en parlant de nos vies respectives, comme si nous étions amies depuis toujours. Puis il y a eu un soir où elle m'a proposé que l'on se voit le lendemain après-midi. Je n'ai pas répondu de suite, parce que je ne savais pas si c'était une bonne idée. Mon esprit était en pleine controverse et j'avais très envie de la voir, de lui donner envie de me revoir encore et encore et de lui donner l'envie de revenir dans mon monde. Cependant, une autre part de mon esprit hurlait que c'était une mauvaise idée, que j'allais être encore plus dévastée une fois l'avoir vu, que plus jamais elle n'aurait envie de revenir dans mon monde, qu'elle était dans le monde de quelqu'un d'autre. Mais j'ai fini par faire taire cette partie de moi, et j'ai accepté. Alors nous avions rendez-vous le lendemain après-midi, là où on se rejoignait lorsque nous étions amoureuses. J'ai regretté dès que je me suis rendue compte de ce que ça voulait dire, "se voir". Parce que la voir, ça voulait dire croiser son regard, poser mes joues sur les siennes pour lui faire la bise, rire à ses blagues et susciter des sourires gênés chez elle. Mais ça voulait aussi dire parler de choses et d'autres sans jamais parler de nous, de ce dont j'avais besoin de parler, et le pire allait être de parler de sa copine. J'allais devoir sourire et paraître réjouit pour elle alors qu'à l'intérieur je serai en pleurs, recroquevillée dans un coin. Et c'est à partir de ce moment précis que mon être entier s'est dédoublé avec une partie pour et une partie contre, parce que les choses ne pouvaient être que noires ou blanches, certainement pas grises. C'est comme ça qu'est le monde, on ne peut pas avoir un avis nuancé. La société veut qu'on ait un avis tranché et sûr, et si je devais avoir un avis tranché et sûr, alors j'en aurai deux. Je ne pouvais pas être rationnelle sur ce sujet-là, parce que quand les sentiments s'en mêlent on ne peut pas être tranché et sûr.

Chapitre 7, Louise

– Alors c'était comment ?! me pressa Isalis pendant que je mordais un bout de mon cheeseburger que je n'avais presque pas entamé à force de parler. J'ai attendu d'avoir fini ma bouche pour reprendre la parole, parce que parler la bouche pleine était malpoli mais surtout incompréhensible. J'étais lancée dans mon histoire et Isalis semblait absorbée par mes paroles, alors dès que j'ai fini de boire mon soda, j'ai repris la parole.

– C'était comme je l'avais prévu finalement. Je m'étais préparée avec soin même si je ne voulais pas l'avouer. Je ne me souviens plus de ma tenue mais je me souviens de m'être changée une bonne dizaine de fois, parce que je voulais qu'elle me trouve jolie. Je m'étais aspergée de parfum pour être certaine qu'elle l'inhale même à trois mètres de moi. Je m'étais faite une coiffure assez jolie qui dégageait mon visage pour qu'elle me voit bien et pour que je ne puisse pas me cacher derrière mes cheveux. J'étais partie de la maison à reculons. Mon corps avançait pendant que mon cerveau me suppliait de rentrer et d'annuler. Au bout de dix minutes je suis arrivée au point de rendez-vous, j'étais en avance de sept minutes mais elle était déjà là. Elle était toujours en avance, Paolina apportait une grande importance à l'image qu'elle avait dans l'esprit des gens. Mais même si elle était en retard de trente minutes, jamais son image ne se serait détériorée dans mon esprit. J'ai pris une immense inspiration et j'ai soupiré longuement, jusqu'à ce que je sois devant elle. J'avais mal au ventre mais quand je me suis plantée devant elle, je me suis rendue compte que c'était la même fille qu'avant, du moins physiquement. Ses traits de visage avaient bien sûr mûri, mais c'était toujours la même fille. Les mêmes cheveux, les mêmes yeux, la même tâche de naissance sur le côté de sa bouche qu'elle détestait alors que je l'adorais, le même sourire et la même couleur de lèvres. C'était la même fille.

On s'est fait la bise et on a commencé à parler comme si nous nous étions quittées la veille. Parce qu'avec Paolina, c'était toujours comme ça. Même si nous ne nous voyions pas durant des semaines, des mois ou des années, dès lors que l'on se voyait de nouveau, notre complicité ne changeait jamais. C'est comme si parler ne servait à rien. Je savais que son regard concentré me demandait d'en dire davantage, elle savait que mon regard fuyant demandait à changer de sujet. Sans parole, nous tenions une conversation.

Cependant, si nos rires et nos mimiques étaient les mêmes, nos vies étaient très différentes, et je crois que c'était là le plus compliqué pour moi. Parce qu'elle avait énormément évolué, mais pas moi. J'étais la même Louise, rien n'avait changé. Et elle, elle changeait à chaque fois. Elle avait les mêmes tics de visage selon les situations. Mais elle avait de nouveaux traits de caractère, parfois elle était plus douce, plus câline qu'avant, parfois au contraire elle était plus brusque et ses gestes étaient parfois violents sans qu'elle ne le veuille. Je crois que cette violence elle ne s'en rendait pas compte parce qu'elle n'allait pas bien lors de ces moments. Elle savait que je resterai même si elle était brusque et sèche, parce que je la connaissais mieux que n'importe qui, alors elle ne cherchait pas à faire attention. Et moi je gardais mon regard illuminé par la jeunesse, je gardais mon fort caractère et la peur des autres qui lui était associée, et je gardais surtout l'amour que j'avais pour elle. Il ne s'effaçait pas, ne se brouillait pas, ne s'épuisait pas. Il restait identique peu importe le temps qui s'était écoulé. Il pouvait pleuvoir, neiger, geler, faire grand soleil, je continuais de l'aimer.

Nous sommes restées une après-midi entière ensemble, je crois que c'était la première fois que ma mère me laissait rentrer si tard. Et j'ai mis du temps à comprendre pourquoi avec Paolina je pouvais rentrer à l'heure que je souhaitais alors que je devais rentrer au plus tard à dix-huit heures trente avec mes copines. C'était parce qu'elle savait pertinemment que si elle m'interdisait de rester plus longtemps ou même de la voir, je ne respecterai pas les règles, quitte à me mettre en danger. Et elle savait aussi que j'étais en sécurité avec cette fille qu'elle ne connaissait pas. Enfin bref, ce soir-là je me souviens être rentrée à la maison bredouille, parce que même si je ne l'avais pas vu depuis des mois et des mois, peut-être même un peu plus d'une année, je ne me souviens pas très bien, chaque sourire, chaque rire, chaque regard, chaque toucher me rappelait les jours où elle m'avait aimé. Les jours où j'étais sienne. Pourtant, même si elle ne se rendait pas compte sur le coup, j'étais encore sienne quand elle n'était plus mienne. Elle était tout quand je n'étais plus rien.

Après ce rendez-vous, nous n'avons plus arrêté de nous envoyer des messages. Le jour. La nuit. Occupées, ou non. Seuls les moments où Jéanne était là nous éloignaient. Elle n'était pas au courant, et je crois que c'était mieux pour elle. Parce que très vite, j'ai dit à Paolina à quel point je l'aimais et à quel point il m'était insupportable qu'elle soit dans une relation amoureuse. Et c'est là que tout a dérapé, parce que même si elle aimait et avait cette fille dans sa vie, elle a commencé à me faire des avances, et sans même me dire que ce n'était pas cool pour Jéanne, je suis rentrée dans son jeu, la poussant toujours plus loin dans ses retranchements pour qu'elle me dise ces trois petits mots d'amoureux, qu'elle n'a d'ailleurs jamais dit. Et très vite, sans jamais franchir les limites, nous avons entretenu une vraie relation amoureuse cachée. Une vraie relation adultère. Dès qu'il lui était possible, elle venait me voir dans ce jardin public où nous nous retrouvions toujours. Et c'était assez souvent !

Nous avions posé des limites sans même en discuter : ne pas se dire ce qu'on ressentait l'une envers l'autre, laisser transpirer l'amour entre nous sans jamais en parler, ne jamais avoir de contact plus ambigu que ceux de simples amies, et surtout, ne jamais se tenter. Parce que se tenter, c'est être déçue une fois sur deux, et c'était trop dangereux. Notre lien, aussi puissant soit-il, était tout de même fragilisé par l'environnement autour, donc on ne dérogeait jamais à ces règles.

Alors on se voyait, et je restais chaque fois le maximum de temps avec elle, je ne voulais jamais partir, parce que je me sentais si bien avec Paolina. Je n'avais pas besoin d'être parfaite, je pouvais juste être moi. Elle me protégeait du monde extérieur tout en me mettant sur un si haut piédestal que rien ne pouvait m'arriver à ses côtés, même en étant visible par le monde entier. C'était comme être sur le toit d'un building mais en étant dans une bulle protectrice. J'étais très haut mais je ne pouvais pas tomber. Sauf si elle décidait de retirer la bulle. Pour autant, même avec cette bulle, mon cœur se fragilisait de plus en plus et se brisait petit à petit. Parce qu'elle avait beau me mettre si haut, et être si sécuritaire, elle ne me choisissait pas. Elle me disait être amoureuse et aimer Jéanne. Elle me racontait chaque dispute, chaque conflit, chaque malentendu, sans pour autant me choisir. Puis parfois elle me racontait quelques bons moments avec cette autre fille, comme pour me justifier le fait d'être avec elle et non pas avec moi, mais je n'entendais que le négatif de Jéanne, alors je ne comprenais toujours pas pourquoi elle ne me choisissait pas. Et j'attendais, j'attendais tellement. Mais l'attente ne faisait que de se prolonger. Parfois Paolina me disait en avoir marre de cette fille trop chiante et moins bien que moi, alors je me disais qu'elle allait la quitter et enfin revenir dans mon monde. Mais à chaque fois elle revenait deux trois jours plus tard avec cette même phrase

: "Ça s'est arrangé finalement". Et là, j'avais mal. Vraiment très mal.

– Pourquoi tu es restée alors ? m'a soudain demandé Isalis, comme si ce n'était pas évident. Je lui en ai voulu trois secondes de me demander, mais finalement je me suis rendue compte que je lui en voulais d'avoir compris aussi vite qu'il ne fallait pas rester dans ce genre de situation alors qu'il m'avait fallu des mois et des mois pour m'en remettre la dernière fois. J'ai croqué un bout de mon sandwich qui devenait vraiment froid, puis je me suis essayée la bouche avant de continuer le monologue que je faisais depuis déjà un long moment.

– Parce que je l'aimais, et que je me sentais aimée. Et ce sentiment-là surpasse tous les autres. Plus on se voyait, plus la tension entre nous grandissait. Ça ne s'arrêtait jamais. Plus les jours passaient, plus se retenir de s'aimer, de s'embrasser, de se câliner, de se toucher devenait impossible. Nous étions reliées par une sorte de fil invisible. Et il s'est endurci en cette période, parce que s'aimer quand on ne peut pas, quand on n'a pas le droit, c'est s'aimer plus qu'à n'importe quel moment de vie.

L'amour grandit en silence, sans faire de bruit, la toute petite graine que l'on a plantée se transforme en un grand séquoia géant. Lorsque j'en parle, j'ai l'impression que notre relation cachée a duré des années et des années, mais ça n'a duré que onze mois. Pourtant, durant ces quelques mois, on se retrouvait toujours aux mêmes endroits, de la même façon et on se quittait toujours avec ce vide au creux de nos corps. Un vide qui s'agrandissait dès que nos yeux se perdaient, et ses lèvres réclamaient mes lèvres si fort qu'il devenait difficile de ne pas les coller entre elles. Mais c'était la limite la plus importante. C'était le contact le plus interdit qu'il soit.

– Mais vous avez fini par arrêter de vous voir je suppose ?

Cette question me piquait le cœur. J'ai dit avoir envie de faire pipi et me suis levée à la hâte. Lorsque je me suis assise sur la cuvette des toilettes, j'ai été surprise par la froideur de celle-ci, ce qui m'a valu un petit rebond. A chaque fois que je faisais pipi, les larmes montaient, mais actuellement elles montaient encore plus vite et encore plus fort. Mais je les ai retenues quand elles sont arrivées au bord de mes cils. J'avais fini depuis quelques secondes de vider ma vessie mais je ne me suis pas levée de suite, nos toilettes étaient super confortables. Surtout pour fuir une discussion que je ne voulais pas entretenir. Finalement, j'ai jugé que le temps était suffisamment passé, je me suis relevée avec lenteur, j'ai passé ma culotte sur mes hanches puis j'ai remis mon short Spider Man. J'ai tiré la chasse d'eau puis je suis sortie pour de bon.

En me posant sur le canapé, j'ai croisé le regard de ma fille qui attendait puis je me suis dégonflée de nouveau. Alors j'ai bu une gorgée de mon soda, en plus ma bouche était sèche à force de parler et je n'avais presque plus de salive. J'entretenais ce moment de pause pour qu'il dure un peu plus longtemps. Délivrer tout ça à mon enfant me rendait fébrile, parce que je ne voulais pas être ce genre de mère, celle qui parle de ses problèmes à son enfant comme si elle avait le même âge, le même vécu. Cette pause me servait aussi à accepter de rouvrir ces plaies, qui me faisait de plus en plus mal, parce que plus je lui racontais, plus je me souvenais. Et ces souvenirs, aussi vieux soient-ils, brisent mon âme à chaque fois. J'avais mis tant de temps à accepter la situation, ce que nous avions vécu et ce que nous n'avions pas vécu alors que nous ne vivions que pour ça. J'avais mis tant de temps à passer à autre chose et à aimer quelqu'un d'autre pour de vrai, sans penser à elle constamment.

Rouvrir ces plaies m'effrayait, parce que j'avais peur de me rappeler de l'amour que nous avions ressenti et de le ressentir à nouveau. J'avais peur qu'elle me tourmente encore, qu'elle me hante encore, que le bout d'encre en moi ne se fasse que plus grand.

L'impatience de ma fille, aussi discrète soit-elle, devenait de plus en plus palpable. Elle commençait à gigoter sur le canapé, tout en me jetant des regards insistants. Elle passait son regard de mon gobelet à mon visage, comme pour demander que je repose ma boisson sur le plateau pour reprendre le fil de mon histoire.

Mais j'avais besoin de temps. Pour me concentrer sur ce que je pensais et sur ce que je ressentais. J'avais besoin de me rappeler juste un instant de ce dernier jour. J'avais besoin qu'il lui reste inconnu encore quelques minutes. J'avais besoin de savoir comment raconter ça, sans que ce soit trop ou pas assez. J'avais besoin que le mur de béton survolé de barbelés reste debout encore un peu. Mais j'allais finir par le briser aujourd'hui, parce que je ne livrais pas ma plus grosse faille à n'importe qui, je la livrais à mon enfant, que j'avais décidé d'avoir avec une autre femme.

Son impatience prit le dessus sur sa patience, et elle soupira sans pour autant me mettre la pression.

– Maman, tu peux t'arrêter là si tu veux. J'avoue que je serai un petit peu déçue mais c'est rien tu ne dois pas me prendre en compte là-dedans.

J'ai souri bêtement, parce qu'elle appliquait une nouvelle fois l'éducation que je lui avais donnée sur moi. La patience est une faculté compliquée à acquérir, surtout chez un enfant. Mais elle a toujours été patiente, dans toutes les situations possibles. Quand on attendait dans les queues au supermarché, elle trouvait toujours de quoi s'occuper dans le caddie. Dans les queues dans les parcs d'attraction, elle attendait en imaginant ce qu'elle allait ressentir. Quand on lui demandait d'attendre pour quelque chose, elle faisait autre chose pour ne pas perdre de temps. Isalis était une enfant patiente, aussi rare que cela puisse être. Elle était même plus patiente que nous. C'est pour ça que je la trouvais plus fantastique que les autres. Combien d'enfants auraient râlé bien avant, m'aurait dit que j'étais nulle à faire durer le suspense pour une histoire si futile ? Et elle, elle attendait sagement que je trouve les forces et le courage nécessaires pour raconter ça une nouvelle fois.

Chapitre 8, Louise

J'ai repris mon souffle, j'ai posé mon gobelet et je me suis installée de façon à être plus confortable que tout à l'heure.

– Je vais essayer d'oublier que tu es ma fille, pour ne pas me censurer là où je ne le dois pas, lui ai-je assuré d'une voix pas très sûre.

Oublier que c'était ma fille, c'était impossible. Quelle mère oublie que c'est son enfant qu'elle a devant les yeux, en dehors des personnes atteintes de déficiences. Ce soir, je crois que j'aurai aimé être atteinte de déficiences juste dix minutes, pour oublier à qui s'adressait mon histoire. J'aurais voulu être comme ces grand-mères dans les maisons de retraite qui racontent leur jeunesse honteuse à leurs enfants sans même se rendre compte qu'elles parlent à leurs enfants. J'aimerai pouvoir ne plus avoir honte, ne plus sentir mes joues rosir après autant de temps, mais je n'y arrivais pas. Je n'avais jamais réussi à oublier cette honte-là, après cet après-midi. J'avais toujours tenté de me détacher des événements, de faire comme si ça ne m'avait pas tant impacté que ça, mais dès que je commençais à en parler, ma voix se mettait à trembler et à devenir plus faible. Pourtant, j'avais une voix portante depuis toute petite, je n'avais jamais eu besoin de crier pour me faire entendre des gens au fond des salles de cours. Je n'avais jamais eu besoin de répéter ce que j'affirmais aux professeurs pour qu'ils m'entendent mieux. Mais cette histoire me fragilisait la voix, tout comme elle m'avait fragilisé moi, et elle devait se concentrer pour m'entendre et comprendre correctement.

– Paolina était déjà venue une ou deux fois chez mamy, quand mamy travaillait bien sûr, mais moi je n'étais jamais allée chez elle. Je ne pouvais jamais entrer dans son intimité. Ses parents ou ses frères étaient là, la maison n'était soi-disant pas rangée, ou elle avait envie de sortir prendre l'air et non pas de s'enfermer entre des murs. Je ne voulais pas l'avouer à l'époque mais j'ai pris assez de recul pour dire que c'était un peu vexant. Je n'avais pas le droit à son amour, je n'avais pas le droit à ses lèvres, je n'avais pas le droit à son corps, je n'avais pas le droit à une quelconque affection physique, et je n'avais pas le droit de savoir où elle vivait. Souvent j'essayais de m'imaginer sa maison, en imaginant une maison carrée à l'air froide. J'imaginais quelque chose de très blanc, de très épuré. Mais sa chambre, je ne savais pas comment l'imaginer. Et ça, c'était encore plus vexant. Je pouvais décrire son caractère à la perfection, je pouvais décrire sa façon d'être à la perfection, je pouvais décrire ses émotions sans qu'elle ne sache ce qu'elle ressentait. Je pouvais déchiffrer chacune de ses expressions faciales et corporelles. Je pouvais la décrire dans les moindres détails, pourtant je ne pouvais pas décrire son habitat. Je ne savais rien de l'environnement dans lequel elle vivait, et c'était tellement vexant, d'autant plus qu'elle, elle connaissait ça. Elle pouvait décrire toutes ces choses sur moi mais à la différence, elle pouvait décrire mon environnement en supplément.

Seulement, il y a un jour, un seul, où elle m'a proposé d'aller chez elle. Je ne sais plus comment c'est venu à nous. Je rêvais depuis des semaines de pouvoir voir dans quel genre d'endroit elle vivait, mais quand elle l'a proposé, j'ai failli refuser. Je crois même que j'ai refusé. Parce qu'entrer chez elle, c'était l'une des limites que nous ne brisions jamais. L'une de ces barrières qu'on avait mises en place sans en parler. Enfin, c'était surtout une barrière que je m'étais imposée, parce que Jéanne connaissait cette maison. Jéanne y était allée qu'une ou deux fois, mais c'était assez pour qu'elle connaisse la maison et la chambre de Paolina, et qu'elle ait cette longueur d'avance sur moi. Jéanne avait appris à connaître Paolina comme moi je ne la connaissais pas dans cette maison. Jéanne avait une présence dans cette maison. Et sa présence, je ne voulais pas la ressentir, surtout pas.

Mais je ne l'ai pas dit à Paolina, j'ai dit que j'avais peur des chiens, et elle en avait deux. C'était des gros chiens en plus ! Des staffs je crois. Ricky et Chanel. Je m'en souviens, ça m'avait marqué, sans raison apparente. Peut-être parce que c'était l'une des choses que je connaissais d'elle, de son intimité. Bon je m'éloigne, donc je lui ai dit que j'avais peur des chiens, mais elle a dit qu'elle les mettrait dehors. Alors j'ai dit que je ne devais pas rentrer tard et que je me perdrai sûrement en rentrant puisque je ne connaissais pas le chemin, mais elle m'a dit qu'elle me ramènerait. Enfin tu as compris qu'à chaque fois que je trouvais une excuse pour ne pas y aller, elle trouvait une solution. Et ça représentait bien notre relation. Je n'exposais que les problèmes, je ne voyais que l'impossible, mais elle voyait toujours des solutions, elle effaçait toujours l'impossible pour que ce mot n'existe plus. Elle le rendait sans sens. Paolina a toujours su effacer les problèmes, même dans son existence à elle. Mais je crois que finalement, elle préférait cacher les problèmes sous de belles solutions pour ne pas chuter dans un cercle de mal être. Elle avait tellement peur d'aller mal, tellement peur d'être perçue comme faible, pourtant je lui répétais sans arrêt qu'être mal ne veut pas dire faible, que pleurer ne veut pas dire faible. Rien ne la sortait de ce schéma.

– Maman tu t'égares...

– Oui, oui, je sais. Bref on a fini par aller chez elle. Je ne me souviens pas de la maison, mais j'aurai aimé te la décrire, parce qu'elle n'était pas comme je me l'imaginais. Pas du tout même. Je ne me souviens que de son salon, principalement de la table basse en verre. Je me souviens de l'escalier en bois juste à côté du canapé. Je me souviens du canapé, là où nous avons passé l'après-midi. Je me souviens qu'il était grand, noir je crois, et qu'il était super confortable. Je n'avais plus envie de me lever, je m'engouffrais dedans comme dans un nuage. Finalement je m'ancrais dans celui-ci, comme Paolina s'ancrait en moi. Je me souviens de ses chiens qui ne sont pas restés longtemps dehors, et qui ont adoré me torturer. Ils voulaient jouer, mais ils me faisaient super peur. Et même si elle essayait de les éloigner, je crois qu'ils aimaient plutôt bien m'embêter. À tel point que le lendemain, j'avais des griffes partout sur le corps. Ne grimace pas, ai-je dit à Isalis en voyant sa mine inquiète, ils voulaient juste jouer, ils étaient loin d'être méchants ! Au contraire même, ils ne voulaient pas me faire mal, mais ils étaient plus lourds que moi alors forcément ils étaient assez forts. Mais je t'assure, ça ne m'a pas traumatisé, je crois même ne pas avoir eu mal quand ils étaient un peu brusques.

– Bon d'accord les chiens gentils tout ça, mais vous êtes allées dans sa chambre ? Tu as finalement pu voir où elle passait le plus clair de son temps ?

J'étais surprise qu'Isalis pose cette question ainsi, parce qu'une chambre c'est très intime. Et je me suis rendue compte à quel point ce que je lui racontais là, c'était très intime. C'était mon intimité à moi, ma part de secret, mon petit coffre bien fermé à clé. Pour autant, je lui livrais tous mes souvenirs et tout l'amour que nous avions pu ressentir. J'ouvrais mon petit coffre devant ses yeux, et c'était vraiment horrible de s'en rendre compte maintenant. Mais j'en avais assez dévoilé pour continuer, même si ce jour-là reste la plus grosse blessure de mon cœur.

– Non, nous n'avons pas été dans sa chambre. Et ça ne m'a pas dérangé. C'est passé tellement vite que je n'avais pas remarqué que le soleil commençait à tomber tout doucement. On a beaucoup discuté, rigolé, imprimé le moment dans notre mémoire. Puis à un moment on a plus parlé. Je crois que j'étais posée sur ses jambes, premier signe d'affection physique depuis le début de notre relation. J'étais bien, vraiment bien, je la regardais, parce que je voulais me souvenir de ce moment pour toujours. Pourtant tu vois, je ne suis plus sûre de celui-ci. Je crois qu'elle aussi me regardait, peut-être qu'elle voulait se souvenir elle aussi de ce moment pour toujours. Elle ne souriait pas, et moi non plus. Le temps s'était réellement arrêté pendant deux minutes, peut-être dix. Je n'en sais rien. Elle a fini par se pencher, et je n'y croyais pas. Elle s'est arrêtée à quelques centimètres de mon visage. Je sentais son souffle glisser sur moi. Je sentais un peu plus son parfum que je ne connaissais que trop bien. Puis elle a rompu les centimètres et elle m'a embrassée. Elle s'est relevée et je ne sais pas si c'est mon souvenir ou si c'est un souvenir que je me suis créée, mais nous nous sommes embrassées une seconde fois. Plus amoureusement cette fois. Ce n'était pas un baiser de collégien. Ce n'était pas un baiser du quotidien. Il puait l'amour, les sentiments, l'envie de l'une et de l'autre. Il puait l'infidélité et l'amour interdit. Il puait le mensonge et les cachotteries. Et le temps a repris quand elle a ouvert la bouche pour me demander de n'en parler à personne.

Je crois que mon corps s'est dissous à ce moment même, dans ce canapé qui n'était pas le mien. Dans ce canapé où Jéanne avait dû se poser plusieurs fois. Dans ce canapé où elles avaient dû se câliner. Ma tête me faisait mal, très mal. Je sentais une pression énorme dans tout mon être, comme si mon sang ne circulait circulait pas correctement. Ma tension ne devait pas être bonne. Je devais partir, elle me l'avait dit, parce que sa mère allait arriver et elle devait aller chercher un colis chez un commerçant du centre-ville. Je me suis levée, j'ai enfilé mon long manteau vert olive, j'ai dit au revoir aux chiens, tout ça sans lui adresser un regard. Je me sentais comme salie, j'avais rêvé de ses lèvres tant de fois, mais là que j'y avais eu le droit, je voulais tout effacer. Je voulais revenir en arrière et l'empêcher de poser ses lèvres sur les miennes. Parce que ce sentiment que je ressentais à l'instant même, était pire que tous les autres. Mais derrière ce dégoût se cachait un réel plaisir. J'avais adoré le moment, j'avais adoré ses lèvres, j'avais adoré qu'elle m'embrasse d'elle-même, j'avais adoré qu'elle franchisse cette barrière, j'avais adoré qu'elle soit infidèle. Je me sentais plus forte que n'importe qui tout en étant une vaste merde sur un trottoir.

Elle m'a effectivement ramené, nous avons peu parlé sur le chemin du retour, et je fixais mes pieds. À la fin du chemin, elle m'a dit à bientôt puis m'a fait la bise. Nouvelle claque. Plus forte que la première. Une claque qui pique et qui fait monter les larmes aux bords des cils.

Depuis le début je m'étais dit qu'une fois qu'elle m'embrasserait, elle me choisirait. Mais finalement, elle ne l'a pas fait. C'était tellement humiliant. Je n'arrivais pas à y croire. C'était tellement impensable, je m'étais imaginée tant de scénarios, mais celui-ci n'avait jamais été ne serait-ce qu'envisageable. Pour autant, je ne la détestais pas, j'étais toujours follement amoureuse. Je restais dans l'espoir qu'elle me choisisse.

Ce soir-là j'ai appelé tata Gué, et j'ai pleuré. J'ai pleuré je crois deux heures sans m'arrêter. Je m'en voulais de l'avoir laissé faire, de l'avoir laissé me briser cette fois entièrement, d'avoir fait ça à une fille que je ne connaissais pas. Il ne restait que mon corps, l'intérieur s'était effacé. Le vide que je ressentais n'était même pas descriptible. J'avais l'impression que tout était mort en moi. Mon regard se perdait dans le vide, je ressemblais à une morte-vivante. Marcher était compliqué, manger était compliqué, je me sentais ridicule. Mais je ne l'étais pas. J'étais simplement salie par mon propre amour et par l'amour que Paolina ressentait double. J'ai fini par lui demander de ne plus me parler, parce que je n'arrivais plus à accepter d'être l'autre, de passer après, malgré tout le plaisir que cela pouvait me procurer. Parce qu'à ce moment-là, le plaisir n'était rien face à la douleur et à la blessure remplie de sel sur mon cœur.

Chapitre 9, Louise

Je marque une nouvelle pause. Parce que ce vide-là, cette saleté d'être l'autre et d'être celle avec qui on trompe, je la ressens toujours. Plus aussi forte, mais je ressens encore cette brisure dans mon corps. Je ressens encore la douleur, même si le temps a pu réparer les fissures les plus superficielles. Soudain, les larmes chatouillent mes cils du bas, parce que si Paolina est la plus grosse faille et la plus grosse blessure de mon âme, je lui suis reconnaissante de ce que nous avons vécu, aussi jeunes étions-nous. Je ravale mes larmes et pose mes yeux sur Isalis, qui est une nouvelle fois dans une attente patiente, calme. Les gens disent toujours que notre fille ressemble à Mahault en ce qui concerne son caractère, mais je ne suis pas d'accord avec ça. Mon épouse a beau être calme et patiente, elle reste impatiente de connaître les choses, elle coupe sans arrêt la parole lorsqu'elle n'est pas en accord avec quelqu'un, elle ne laisse jamais la personne finir avant de riposter. Mais moi, j'ai la patience d'entendre des choses qui ne me plaisent pas, j'ai la patience de laisser le temps aux gens quand ils racontent un épisode compliqué de leur parcours de vie. Isalis a cette partie de ma patience. Elle n'a pas une patience oppressante, sa patience est calme, posée, elle caresse les doutes et les peurs de la personne en face d'elle. Sa patience ressemble à une brise qui pousse à avancer sans être brusque, ni violente, ni pressée. Isalis est le genre de personnes qui restent bienveillantes, qui cherchent à régler les désaccords et à éviter toute forme de violence. Et la brise que souffle sa patience me pousse finalement à reprendre mon récit, sans honte et sans me sentir oppressée d'une attente essoufflée.

– Je pense que tu as une mauvaise image de Paolina maintenant, par ce que je viens de te raconter, c'est pas super de sa part, pas vrai ?

– Oui c'est vrai, mais je ne la connais pas, je n'ai d'elle que ce que tu me racontes.

– Justement. Je ne veux pas que tu la voies comme ça, comme une mauvaise personne. C'est loin d'être une mauvaise personne. Paolina est quelqu'un de bien, elle m'a toujours aimé plus que n'importe qui. Et quelques années plus tard, nous avons reparlé, nous nous sommes revues.

– Quand tu étais avec maman ?

– Il y a une période où je n'étais plus avec ta mère et une autre où c'était le cas, mais je ne lui ai pas caché.

Je sentis un soulagement, comme si je retirais le poids d'un secret de ses épaules.

– Nous nous sommes expliquées durant des jours et des heures. Et quand je te dis depuis tout à l'heure qu'elle ne me choisissait pas, ce n'est pas tout à fait juste.

– Mais jamais elle a accepté de t'aimer devant les autres ?

– Non c'est vrai, mais elle disait chaque fois qu'on se disputait à ce sujet que je n'étais pas un choix, j'étais une évidence. Et j'ai mis du temps à comprendre ce qu'elle voulait dire par là, parce que si j'étais une évidence, pourquoi ne pas me choisir ? J'ai compris que l'évidence n'était pas simple à choisir, parce que souvent, le plus évident c'est le plus compliqué. Ce n'était jamais le bon moment entre nous, pourtant dès lors que l'on se voyait, nos sourires d'enfant revenaient. Elle avait besoin d'apaisement, ce que je lui apportais, et j'avais besoin d'un amour surhumain, ce qu'elle m'apportait.

L'évidence ne permet pas de savoir si l'on va finir ensemble, mais elle permet de savoir que nous sommes liées à jamais. Le choix ne s'imposait donc pas. Peu importe avec qui nous sommes, nous penserons toujours l'une à l'autre à certains moments de vie. Et je ne te parle pas de penser à l'amour, ou aux sentiments, mais plutôt à la personne même. Quand tu es née par exemple, j'étais tellement fière d'être mère d'une si jolie petite fille que j'ai eu envie de lui dire, de lui montrer. Parce que je savais qu'elle se serait réjouie pour toi. Paolina m'aurait félicitée mille et une fois, elle m'aurait redonnée confiance en la maman que j'étais devenue, elle m'aurait dit à quel point elle était heureuse pour moi, elle m'aurait encouragée. Parce que Paolina m'a toujours encouragé pour tout, même lorsqu'elle était blessée. Quand elle a appris pour le mariage, elle était triste, vraiment triste, pourtant jamais elle n'a essayé de me faire douter. Jamais elle n'a voulu briser ce mariage. Au contraire, elle me confortait même dans l'idée que c'était ce que je voulais. Je dis souvent que si elle est mon ancienne petite amie qui m'a brisé, elle est aussi la colle qui a essayé de me réparer. Lorsqu'il manquait des bouts de moi, elle me donnait des bouts d'elle pour combler ces trous qu'elle et les autres avaient causés. Et aujourd'hui, je suis reconstruite avec pleins de petits morceaux d'elle dans mon âme, ce qui me permet de tenir debout sans trop d'efforts.

– Paolina a l'air d'une chouette personne finalement.

– C'est une chouette personne, mais ne dis pas ça à maman, sinon elle va râler et je vais me faire emboucaner.

– Maman sait ?

– Bien sûr qu'elle sait. Elle m'en a voulu, elle n'a pas compris de suite ce lien, mais elle a fini par m'écouter pour de vrai, en parler pendant des heures, puis elle a essayé de comprendre. Je ne sais pas réellement si elle a compris, mais en tout cas elle a accepté ça et elle a le courage d'essayer de comprendre encore aujourd'hui, elle a le courage de m'écouter parler de Paolina quand j'en ressens le besoin.

Isalis se mit à bailler. Elle était fatiguée, il était tard. Je n'avais pas vu l'heure. D'habitude, elle était couchée depuis déjà trois quarts d'heure. Je venais d'abîmer son cycle de sommeil. J'ai vite conclu la soirée pour ne pas rendre la discussion plus longue et plus épuisante pour elle, et pour moi.

– Voilà d'où vient mon tatouage. Un soleil parce que Paolina a toujours su illuminer ma vie, mais un soleil qui pleut parce qu'elle a marqué mon âme à tout jamais. Tu peux aller dormir chérie, je vais ranger.

– Si j'ai des questions un jour, je pourrais te les poser ?

– Bien sûr, je ne te cacherai jamais rien.

– Maman est courageuse, mais toi et Paolina aussi. Vous avez vécu une histoire vraiment atypique pour votre jeune âge. Et moi je trouve ça courageux d'avouer à ton épouse que tu aimeras toujours une autre fille, et que tu seras toujours aimée par cette autre fille.

Je n'ai pas su répondre, j'ai juste souri. Comment trouver les mots face à tant de bienveillance et de compréhension ?

– Bonne nuit maman je t'aime.

– Je t'aime Isa.

Chapitre 10, Louise

Une fois Isalis montée, je me mis à ranger le salon. Ce salon dans lequel je revois toujours ma fille courir autour de la table basse, suivie de sa mère qui voulait l'attraper pour une bataille de chatouilles. Je revois toujours nos premiers jours avec elle, avec le salon complètement dérangé et le canapé déplié tous les jours. Je revois nos deux grands corps allongés avec ce si petit corps parfois sur moi, parfois sur Mahault. Je revois les premiers pas d'Isalis sur le tapis, et ses chutes qui me faisaient hurler de peur. Ce salon rempli de plantes vertes et de meubles au bois ancien. Ce salon aux murs blancs mais pleins de cadres des photos de naissance d'Isalis, de ma filleule et du mariage. On avait accroché notre cadre favori juste au-dessus de notre canapé *fluffy*, parce que c'est notre plus belle photo de mariage. Cette photo me rappelle à quel point notre mariage était un coup de poker : à l'âge de dix-neuf et vingt ans, se marier, c'est risqué. C'est ce que répétait notre entourage, pourtant, quinze ans plus tard, nous sommes toujours là. Mon alliance en or blanc gravée de nos initiales et de la date du mariage se tient toujours à mon annulaire gauche.

J'étais plantée là depuis un petit moment déjà, les pensées débordant de ma tête. Je pensais à mon mariage, qui avait été parfait, dans le petit château de la ville d'à côté. Je pensais à la décoration du mariage que j'avais orchestré de A à Z avec l'avis de Mahault. Je pensais aux magnifiques chemins de table bleus et aux vases de fleurs séchées posées sur un énorme rondin de bois qu'avait coupé le père de Mahault. Je pensais au bar à pâtes qui avait surpris tout le monde. Je pensais à la soirée du mariage qui avait été festive sans pour autant dépasser les limites que j'avais imposées aux gens. Je pensais au lendemain du mariage, lorsque j'ai assimilé que la bague autour de mon doigt signifiait que j'étais liée à la vie d'une autre personne pour toujours. Je pensais à l'angoisse que j'ai eue après avoir assimilé mais qui, fort heureusement, s'était effacée au fil des jours, mais qui revenait toujours malgré tout. Je pensais à toutes les démarches après le mariage pour trouver un appartement dans l'urgence parce que mon envie d'être mère devenait destructrice, j'attendais depuis déjà cinq ans pour pouvoir faire naître un mini humain, je ne me sentais pas capable d'attendre encore. Je pensais aux papiers et aux examens que nous avions dû réaliser pour avoir Isalis. Je pensais aux mois que la ROPA nous avait pris, huit au total. Je pensais à cette maison que nous avions déniché sur un site d'occasion, pour laquelle nous avions eu un coup de cœur, regardant tous les jours les photos sur le site pour ne pas oublier ses magnifiques pierres beiges grisonnantes. Je pensais aux travaux que nous avions fait avec un bébé de trois mois. Je pensais à maintenant, à cette vie que j'avais, qui faisait rêver le monde entier. Et pour une fois, je me suis permise de penser à Paolina. Je me suis permise de penser à ses yeux marron clair qui me traduisaient toute la tendresse et tout l'amour qu'elle me portait quand elle ne pouvait pas me le montrer autrement. Je me suis permise de penser à son nez qui se retroussait quand elle n'était pas d'accord avec quelque chose. Je me suis permise de penser à ses joues rougies par la honte de m'aimer, ou la honte de ne pas me choisir, je n'en sais rien. Je me suis permise de penser à son sourire qui me rendait complètement folle. Je me suis permise de penser au contact de sa peau qui me faisait frissonner. Je me suis permise de penser à ce dernier jour où elle m'a embrassé pour la dernière fois. Je me suis permise de penser à ce que moi j'avais ressenti. A tout cet amour qui m'avait vidé après son départ, à tout cet amour qu'on me disait normal à cet âge alors qu'il ne l'était pas. Je me suis permise de ressentir que j'avais encore mal au cœur. J'étais mariée avec une femme que j'aimais beaucoup et avec qui j'avais fait un enfant, mais j'avais encore mal au cœur en repensant à mon premier amour. Et je me suis permise de me questionner.

Où était-elle ? Est-ce qu'elle allait bien ? Est-ce qu'elle aussi avait une belle vie ? Est-ce qu'elle était épanouie ?

Est-ce qu'elle pensait à moi quelques fois ? Est-ce qu'elle m'aimait toujours un peu ? Est-ce qu'il arrivait que je lui manque ?

J'aurai réellement voulu savoir tout ça, et je pouvais le savoir. Mais ne pas dépasser cette limite que je m'étais fixée après le mariage me paraissait être nécessaire, autant pour elle que pour moi. Je gardais son numéro de téléphone précieusement dans mes contacts, ne voulant pas le supprimer comme pour ne pas effacer sa trace en moi, mais je ne cliquais jamais dessus. J'avais failli plusieurs fois, mais je ne l'avais jamais fait, parce que je ne pouvais pas faire ça ni à Mahault, ni à Paolina. Alors j'en étais restée à regarder de longues minutes sa fiche contact avec son prénom, le petit soleil à côté et son numéro composé de cinq nombres, dix chiffres.

Mon regard a enfin repris vie, je me suis ressaisie après toutes ces pensées, et alors j'ai fini par tout remettre en ordre dans la maison, comme si je remettais tout en ordre dans ma tête. Mon obsession pour que tout soit à sa place dans la maison était née de mon obsession pour que tout soit à la bonne place dans mon cerveau et dans mon quotidien, mais mon obsession était sans arrêt bousculée par les autres aux alentours. Une fois ma frénésie du soir terminée, je me suis arrêtée sur la première marche pour vérifier que la maison était rangée et propre. C'était le cas, mais moi je me sentais affreusement sale. Alors je suis allée prendre une douche, encore. J'avais besoin de ressentir la chaleur de nouveau, de sentir l'eau parcourir mon corps sans se retenir, de sentir la vapeur entrait en moi et purifiait mes incertitudes. J'avais besoin de voir mon tatouage, là, sur ma cuisse. J'avais besoin de le toucher, de le caresser, de le chérir de nouveau. J'avais besoin de retirer cette once de honte parce que je n'avais pas de raisons d'avoir honte de ce tatouage que je chérissais plus que d'autres. Cette fois je me suis pressée de retirer mon pyjama et mes sous-vêtements, et je suis entrée dans une frénésie folle dans la douche, sans même vérifier que l'eau était bien chaude ou que je n'allais pas geler sur place. Pourtant, une fois dans la douche, je ne sentis pas la chaleur enivrante, je ne sentis pas l'eau me parcourir sans honte, je sentis juste une eau qui coulait pour couler, je ne sentis pas la vapeur me purifier. Alors je me suis accroupie, mon corps nu plié sur lui-même, faible et vulnérable dans son état. J'ai passé les mains sur mon visage, et je me suis mise à pleurer.

J'ai pleuré à gros sanglots, en essayant de ne pas faire trop de bruit pour qu'Isalis reste dans son sommeil profond de petite fille. Je pleurais sans raison. Enfin je ne voulais pas trouver de raisons, parce que c'est plus simple de se dire qu'on pleure pour rien. Si quelque chose nous fait pleurer, on se sent faible, nulle, comme une petite mauviette qui pleure pour quelque chose qui la blesse. Et personne ne veut être faible, nul, comme une petite mauviette. La société veut que les gens ne pleurent pas, ou seulement pour des douleurs physiques. Et la société ne veut surtout pas que les femmes pleurent, parce que les femmes sont niaises, elles ne sont pas assez développées pour avoir mal à l'intérieur et pour ressentir du mal être. Être une femme est simple selon le monde, elles n'ont qu'à sourire, être jolie sans arrêt et ne jamais parler trop fort, ni pleurer trop fort, ni penser trop fort. La femme doit être discrète, muette, sans âme presque. Mais je n'ai jamais vraiment respecté les règles de la femme. J'ai toujours parlé fort, pleuré fort, pensé fort, et je n'ai jamais été discrète. C'est ce que Paolina n'aimait pas chez moi je crois, je me faisais toujours remarquer, je me foutais du regard des autres. Mais elle y apportait une importance folle, comme si les autres déterminaient ce qu'elle était et ce qu'elle devait être. Mais beaucoup de monde, surtout beaucoup de femmes, sont comme ça. Ce n'est pas vraiment de leur faute.

Je relevais soudain la tête, et me rendis compte que c'est exactement pour ça que je pleurais : Paolina. Je pleurais Paolina et le manque constant que je tentais tant bien que mal de dissimiler dans les bras de ma femme, et je pleurais ce que nous avions vécu toutes les deux, parce que les adultes m'avaient toujours dit que nous n'étions rien et si jeunes. Que tout ça ne comptait pas. Mais si, ça comptait. Ça comptait parce que j'étais réellement amoureuse, et elle aussi. Nous étions folles l'une de l'autre, impossible de se passer de nous. Et aujourd'hui, c'était la première fois que je parlais de cette histoire en affirmant derrière mes paroles que ça comptait, et que ça compte toujours. Je ne pleurais pas de tristesse mais de soulagement, parce que pour une fois, la personne qui m'a entendu n'a pas cherché à minimiser les faits et l'amour que nous avons ressenti. Pour une fois, "l'amourette de jeunesse" a été entendue comme ce qu'elle est réellement : l'amour le plus fou que j'ai pu ressentir et recevoir. Les larmes coulaient encore mais elles se faisaient plus rares, moins bruyantes et elles me faisaient moins hoqueter. Je me calmais petit à petit comme quand les enfants se calment contre leurs parents après un gros chagrin. Mes larmes ont fini par disparaître, laissant des plaques rouges sur l'entièreté de mon visage, ce qui indiquait que mes pleurs avaient été plutôt intenses. Mes yeux étaient gonflé, tout comme mon nez qui ressemblait à une patate pleine de morve. Mes yeux se fermaient à cause du gonflement.

Je ressentis alors une énorme fatigue, mes yeux devenaient de plus en plus lourds et j'avais terriblement besoin de sommeil. J'avais toujours eu du mal à accepter que la fatigue m'habite, parce qu'à quinze ans on est trop jeune pour l'être. A vingt ans on entre dans la vie active alors la fatigue ce n'est pas comparable à celle d'une personne de quarante ans. Et à trente-quatre ans, nos grands-parents le sont bien plus que nous. Aujourd'hui, la fatigue m'emportait de façon inévitable. La pression était redescendue. Je suis sortie de la douche sans me savonner, je me suis séchée à la hâte et j'ai remis le même pyjama, parce qu'il était vraiment confortable et réconfortant. J'ai accédé à la porte de ma chambre sans faire de bruit et une fois la porte refermée derrière moi, j'ai appuyé sur l'interrupteur. La lumière m'a d'abord fait mal aux yeux, puis après quelques millisecondes, je me suis habituée. Notre chambre était vraiment jolie. Mais c'est seulement aujourd'hui que j'en ai réellement pris conscience. Nous avions mis de l'enduit beige sur les murs, sans repasser dessus pour laisser cet effet un peu nuageux. Le lit était grand, très grand, pour pouvoir accueillir Isalis quand elle était petite (et pour avoir de la place lors de nos moments d'amoureuses). Encore ici, deux énormes cadres étaient fixés au mur, juste au-dessus du lit, avec les photos de grossesse que nous avions faites chez une photographe. Mahault préférait celle où elle était derrière moi, la main posée sur mon énorme ventre de femme prête à exploser, alors on l'avait mise de son côté. Moi je préférais celle où nous étions face à face, front contre front, parce que cette photo reflétait le cocon familial que nous étions en train de créer à ce moment précis. Les meubles étaient de la même couleur et du même bois que ceux d'en bas. Et les draps gardaient ces tons chauds et apaisants de l'univers de la chambre. Ils m'invitaient à me glisser entre eux, et je n'ai pas réussi à lutter contre l'envie d'y succomber. Alors je me suis avancée d'un pas lent mais certain, j'ai soulevé la couette en plume et la couette lestée qui me permettait de faire des nuits presque complètes, et je me suis allongée. J'ai regardé mon téléphone, j'avais cinq messages non lus. Mince.

La soirée se passe bien ?

Je suppose que oui

J'espère que tu ne m'en veux pas pour le bébé

On peut en reparler demain ?

Bien sûr qu'on peut en parler demain, je suis désolée de ne pas avoir répondu on a eu une grande discussion avec Isa, je te raconte quand tu rentres ou demain au téléphone on verra combien de temps tu as. Je t'aime mon cœur, j'ai très hâte que tu rentres <3

J'ai posé mon téléphone sur la table de nuit et j'ai éteint la lumière grâce aux interrupteurs que nous avions mis au-dessus de nos tables de nuit pour ne pas avoir besoin de se lever. C'était vraiment intelligent.

Contrairement à mes nuits habituellement longues à arriver, celle-ci est arrivée bien rapidement. Même trop rapidement.

Chapitre 11, Louise

BIP. BIP. BIP.

Horrible réveil. Terrible réveil. Effrayant réveil.

Il est trop tôt. Cinq heures et demie c'est trop tôt. Mais même si j'essayais de me rendormir pour dix minutes, il serait encore trop tôt. Je me réveillais toujours tôt pour avoir le temps de me préparer avant de préparer le petit déjeuner d'Isalis. Ma mère me critiquait depuis les dix ans de ma fille, parce que je lui préparais toujours son petit-déjeuner, mais j'aimais le faire. C'était l'une des rares choses qu'elle me laissait faire sans me dire "Maman je ne suis plus un bébé !". Alors chaque matin je prenais le temps de le faire avec soin.

Comme un zombie, je sortis du lit les yeux encore collés et flous de la nuit. Je n'étais jamais glamour le matin. Mes cheveux décolorés étaient camouflés dans un bonnet de satin pour qu'ils ne s'abîment pas, mon corps était encore tout recroquevillé, mes yeux étaient gonflés par mes pleurs d'hier soir et mon haleine, n'en parlons pas. Je suis allée dans la salle de bain sans même regarder où j'allais. C'est l'avantage de vivre dans une maison depuis longtemps : on n'a pas besoin de savoir où on va, notre cerveau le sait, il nous amène directement là où on veut sans même avoir besoin d'être conscients. Dès que je suis entrée, la chaleur de la douche de la veille m'a englobée, et je crois que c'est la chose la plus rassurante et nuageuse qui puisse exister. Pour me réveiller, et garder une peau jeune et belle, je me suis lavée le visage à l'eau froide. Même à l'eau presque gelée, comme pour congeler mon visage et éviter les nouvelles rides que les années me rajoutent. Cette fois, j'étais bel et bien réveillée. Je me suis regardée dans le miroir le temps d'une minute. Je m'étais toujours trouvée jolie, j'avais de jolis yeux noisette, un nez retroussé et une jolie bouche même si elle n'était pas très formée. Mais je voyais les rides. Les quelques rides que j'évite depuis mes dix-sept ans. "Ce n'est pas si horrible des rides Louise." n'arrêtaient pas de me répéter les gens, mais je refusais depuis toujours de vieillir. Je refusais de ressembler à ces femmes fripées qui ne plaisent plus à personne. Je refusais que mon corps devienne flasque et moche, que mon visage tombe et que mon sourire ressemble à un smiley triste. Mais surtout je refusais d'accepter de ne pas être immortelle, que je finirai par être ridée et fripée, que je ne serai plus jamais désirée par personne. Je me suis alors empressée d'ouvrir mon pot de crème anti-âge et de tartiner mon visage, avec l'espoir que les rides déjà là disparaissent grâce à cette substance blanchâtre à l'odeur de parfum de vieille. Je ne me maquille pas beaucoup, parce que j'ai peur d'abîmer ma peau et de la rider encore plus. J'ai de ce fait sorti les seules choses que je mettais : du fard à joue, du mascara et du baume à lèvres. J'ai appliqué ces trois produits puis je suis partie m'habiller dans la chambre.

Lorsque j'étais jeune, je préparais mes tenues à la semaine pour être tranquille, mais depuis que Isalis était là, je n'avais plus jamais eu le temps de le faire. Je pense que désormais je pourrais prendre le temps mais ayant perdu l'habitude, je crois que ça m'énerverait. J'ai cherché dans mes affaires mais rien ne me plaisait aujourd'hui. Dans l'armoire de Mahault, je trouvais toujours les belles pièces de mes tenues. J'étais une maman classe, et j'étais très fière de ça. Isalis n'avait jamais eu honte de mes tenues lors des réunions à l'école, elle me montrait avec orgueil, comme si j'étais un trophée. Et depuis la première fois qu'elle avait dit "Elle est belle ma mère, hein ?" à ses copines de maternelle quand j'étais venue la chercher à l'école, je m'étais promis de toujours faire attention à mes tenues lorsque je sortais de la maison, surtout avec elle. J'ai vite opté pour un pantalon de tailleur noir avec une chemise blanche à gros col Claudette. En guise de chaussures, je mettrais sûrement mes escarpins bleu électrique pour les accorder à mes superbes lunettes bleues. Je mettais toujours une touche de couleur dans mes tenues, parce que je refusais d'être une personne basique. Je refusais de ne pas être remarquée, parce que petite personne ne me remarquait jamais. Je n'étais pas assez jolie, je n'étais pas assez fine, je n'étais pas la plus mignonne de mes copines. Mais aujourd'hui je me démarquais parce que j'avais beau avoir trente-quatre ans, j'en faisais vingt. Mes lunettes étaient toujours excentriques pour attirer le regard sur mon visage. Mes vêtements attirent le regard des gens sur mon corps que j'ai mis du temps à moduler comme je le voulais. L'avis des autres m'importe peu, mais leur regard m'est essentiel.

Bien vite, l'heure de préparer le petit-déjeuner de ma fille est arrivée, alors je me suis mise à la tâche. J'ai disposé un bol avec des céréales au chocolat et du lait dedans, entendant la voix de ma mère me dire que je faisais d'elle une assistée de la vie qui ne s'en sortirait jamais sans ses mères. J'ai mis une banane et un verre de jus d'orange, même si je savais pertinemment qu'elle n'en voudrait pas, c'était trop sain pour être ingurgité. Je me suis assise, en attendant qu'elle descende, mais elle n'est pas venue. Elle éteignait toujours son réveil, se disant qu'elle fermerait les yeux seulement cinq minutes, comme je le faisais à son âge. Mais je connaissais trop bien ce piège dans lequel elle tombait chaque matin : celui de se rendormir sans même s'en rendre compte. C'est au dernier moment que je suis montée, cette fois en faisant un maximum de bruit pour essayer d'éveiller sa conscience. Mais quand je suis entrée dans sa chambre d'adolescente que nous venions de refaire, je voyais à travers la pénombre mon enfant, allongé sous sa couette, ronflant légèrement. Je me suis approchée doucement et j'ai posé mes fesses sur le peu d'espace qu'elle me laissait. J'ai posé ma main sur son visage. Isalis était vraiment magnifique. Tout en caressant doucement ses cheveux blond foncé, j'ai tenté de la réveiller.

– Bonjour chérie, tu t'es rendormie, il est l'heure de se réveiller.

– Mhhhh

– Isa tu vas être en retard, en plus je t'ai préparé ton bol de céréales.

Elle s'est levée à une telle vitesse que je ne l'ai même pas vue partir de la chambre. Lorsque je suis arrivée en bas des escaliers, elle était déjà en train d'amener la cuillère débordante à sa bouche. J'adorais sa tête du matin parce qu'elle ressemblait à la petite fille qu'elle était il y a encore quelques années. Je me souviendrai toujours de cette petite fripouille, de cette petite tête que je pouvais tenir entre mes mains. J'aimais tellement la regarder, j'étais tellement fière d'elle, de ce que j'avais créé de mon si petit corps. Si j'étais son trophée à brandir devant les copines pour montrer que j'étais une maman classe, elle était ma plus belle victoire que j'exposais avec fierté.

– Tu as bien dormi ?

– Mhh oui, je t'ai entendu prendre une douche hier soir.

J'avais loupé ma mission de "maman-discrète-et-inaudible".

– Pardon ma puce, je voulais prendre un petit temps de détente.

– C'est rien. Hier j'ai fait une liste de questions que je voulais te poser à propos de Paolina avant de dormir, et tu m'as dit que tu répondrais à toutes.

– En effet oui.

– Je peux alors ?

– Oui vas-y.

– Mais j'ai cours tôt ce matin. Alors je t'en poserai sûrement d'autres ce soir.

Je n'avais pas le courage d'endurer ça deux fois, trois même. Parce que je l'avais vécu hier soir, et ce matin j'allais de nouveau mettre du sel dans mes coupures, j'allais peut-être même prendre une lame et m'en faire de nouvelles. Non, impossible. J'allais prendre une décision seule pour la troisième fois de la vie d'Isalis depuis sa naissance. La première, c'était quand l'école m'avait appelé parce qu'elle avait mordu un enfant. Mahault était en déplacement et je ne pouvais pas discuter avec elle de comment on allait lui expliquer les choses, alors je l'avais fait seule, et ça avait plutôt bien fonctionné parce qu'elle n'avait pas recommencé. La deuxième fois date de l'année dernière, quand Isalis a demandé à avoir un nouveau téléphone, mais Mahault ne savait pas me répondre. Elle trouvait des arguments et des contre-arguments, se renvoyant la balle sans arrêt, alors le lendemain je suis allée chercher celui que notre fille voulait. Ça m'a valu un regard déçu de la part de mon épouse, une grosse dispute le soir et une abstinence de sexe de plusieurs semaines, mais aussi un sourire immense et des yeux brillants sur le visage de ma fille, ça valait donc le coup. Et la troisième, aujourd'hui, j'allais décider qu'Isalis n'irait pas à l'école ce matin, pour terminer la discussion que nous avions entamé hier soir.

– Tu ne vas pas y aller ce matin, mais seulement cet après-midi, pour le contrôle principalement. Maman va l'apprendre par le collège, si elle te demande pourquoi tu n'y es pas allée tu lui dis que je lui expliquerais à son retour d'accord ?

La première décision que j'avais prise en ayant un enfant avec Mahault, c'était de ne jamais se disputer devant elle et de ne jamais l'inclure dans nos problèmes de couple. Nous en avons eu, comme tous les autres, avec parfois le désir fou de nous séparer. Nous nous sommes même quelques fois détestées. Mais jamais nous ne sommes parties, nous avons attendu que l'orage passe. Notre amour est désormais abîmé par le temps certes, mais il est capable de résister aux fortes pluies.

Son sourire s'est fait discret, elle essayait de le dissimuler, les jours sans école étaient des jours de fête dans l'esprit de ma fille. Comme dans l'esprit de tous les enfants. Je me suis assise à côté d'elle, j'ai croisé mes mains puis les ai posées sur le bar.

– Allez, pose tes questions et après on n'en parle plus.

Elle a pris son téléphone pour trouver une note qui était encore ouverte. Elle avait de réelles questions, avec de réelles attentes, alors comme hier je me suis mise à paniquer comme si je passais un entretien.

– Ok... Est-ce que tu lui as parlé récemment ?

– Non, mais parfois j'aimerais savoir comment elle va et ce qu'elle devient. Parfois j'en ai très envie et ça me démange tout le corps. J'ai l'impression d'être une fumeuse qui n'a plus de cigarettes.

– Pourquoi tu ne lui parles pas alors ?

La réponse à cette question je l'avais, mais elle m'enfonçait une épine dans ma coupure la plus profonde. J'ai pris une inspiration de plusieurs secondes, comme pour couper l'air dans l'atmosphère.

– Parce que j'ai peur de lui parler. J'ai peur de raviver des choses en moi et je ne veux pas que ça arrive parce que ma vie est construite et tracée.

– Mais tu l'aimes encore maman ?

Cette fois ce n'est pas une épine qui a été enfoncée dans ma coupure la plus profonde, mais plutôt une nouvelle coupure qui s'est invitée sur mon âme. Des larmes chatouillaient mes yeux, parce que je n'avais jamais dit à haute voix ces choses-là.

– J'ai lutté pendant des années et des années, parce que je ne voulais pas l'aimer. Je voulais pouvoir l'oublier et aimer quelqu'un d'autre, comme tout le monde le fait et le dit. Mais j'ai fini par comprendre que jamais je ne l'aimerai plus, elle est ancrée en moi, et je ne parle pas du tatouage.

Elle est en moi à tout jamais, et je suis en elle à tout jamais, nous en avons beaucoup discuté. C'est comme ça, je garde cette partie d'elle très précieusement en moi. J'aime ta mère, sincèrement, mais je ne l'aimerai jamais comme Paolina. Je l'aime de façon fugueuse, à avoir envie d'elle, à avoir envie de folie tout en voulant une certaine stabilité entre nous. J'aurai sûrement pu fonder une famille avec elle, j'en suis même certaine, mais je l'ai fait avec ta mère. Paolina est très bien, même parfaite, mais nous ne nous sommes pas rencontrées au bon moment et dans la bonne vie. Alors oui je l'aime, pour toujours même je crois, mais c'est comme ça et nous devons l'accepter.

– Et maman ne t'en veut pas ?

– Je pense qu'elle m'en a voulu, longtemps, et qu'elle était dans une situation d'incompréhension profonde. Mais elle a fini par essayer de comprendre, parce que ta mère est comme ça, elle s'ouvre toujours plus, sans jamais se refermer quand les choses deviennent compliquées. Elle veut comprendre les choses, ne pas juger trop vite et ne pas rester sur ses premiers ressentis. Depuis quelques années, elle a compris mais elle m'en veut toujours, elle vit avec ça et je crois qu'elle y arrive parce que je suis son épouse et pas celle de Paolina. Paolina est revenue, et je suis retournée vers Paolina, mais j'ai fondé ma famille avec ta mère, j'ai fondé une vie stable avec ta mère.

– Paolina te manque ?

De nouveau, je doute de ma réponse. Comment réagirai Mahault face à ma réponse ? De toute façon, elle n'est pas là, et je ne veux pas mentir. Si je raconte tout ça, je ne vais pas mentir après, sinon ça n'aura servi à rien. J'ai affronté les yeux de ma fille, mais j'ai vite fui son regard pour le poser sur la grande fenêtre dans la cuisine.

– Oui, elle me manque. Elle me manque beaucoup. Parce que je me sentais toujours très spéciale avec elle. Le fait qu'elle ait dévié de son chemin parce que j'étais là m'a toujours fait me sentir tellement spéciale, et ça me manque chaque jour. Ses mots doux me manquent, ses yeux brillants me manquent, son regard impressionné me manque. Elle m'aimait toujours de trop, elle me faisait vibrer de trop et personne n'a jamais su me faire vibrer comme ça. Et je suis sûre que demain, si je lui envoie un message, elle me fera vibrer de nouveau. Ta mère essaie souvent de combler ces manques, parfois ça fonctionne mais pas toujours, pas souvent même je dois avouer. Pendant longtemps ça ne fonctionnait pas du tout mais aujourd'hui, maintenant que je ne me souviens pas totalement des choses et que mon esprit n'est plus habitué à Paolina, ça peut suffire.

– J'ai plus de questions je crois.

J'ai soufflé. J'ai soufflé tellement fort que mes épaules sont tombées et que mes poumons se sont retrouvés vides d'air.

– Tu es sûre ? Parce que je ne veux pas revenir là-dessus, ça me fait trop de mal. Mes coupures ne sont pas cicatrisées et ne le seront jamais, alors je ne veux plus remettre de sel à l'intérieur.

– J'en ai une dernière finalement. Tu regrettes d'avoir choisi maman, d'avoir fondé ta famille avec elle ?

– J'ai eu peur de regretter. Avant le mariage on me répétait tellement que c'était une bêtise que j'ai moi-même fini par me dire que ça en était une. Et puis Paolina est revenue une fois, et alors je me suis posée la question pour de vrai. J'ai douté mais j'ai suivi le chemin sur lequel je me mariais avec ta mère, je faisais un enfant avec elle, et sur lequel j'étais prête à vivre et à la suivre au bout du monde. C'était le chemin le plus simple et le plus avantageux, je m'assurais une vie stable, avec de l'amour ou tout du moins de l'affection, et je m'assurais d'être mère dès que je le voudrais. Il est vrai que parfois j'imagine une vie avec Paolina, je me demande à quoi ça pourrait ressembler. Mais je me coupe souvent de ces pensées parce qu'elles me font mal et que ça ne fait qu'ouvrir de nouvelles plaies. Je regrette peut-être de ne pas avoir fait de deuxième enfant, mais je n'étais pas prête à aimer un autre bébé aussi fort que toi, j'avais surtout peur de ne pas l'aimer.

– Aujourd'hui tu es prête à accueillir un autre bébé pourtant.

– Oui, tu es grande et il ne restera pas longtemps.

Je n'étais pas certaine de ce que j'affirmais, mais c'est vrai que maintenant, un deuxième enfant ne m'effrayait plus autant que les années précédentes. Et puis la routine s'était installée tellement puissamment qu'un nouvel enfant ne pouvait que me réveiller et me sortir de cette vie si simple.

Isalis a hoché la tête plusieurs fois, comme pour assimiler plus concrètement les choses, puis elle m'a dit merci. Mais je crois que c'était à moi de la remercier.

De la remercier pour m'avoir écoutée alors que ce n'est pas son rôle. De la remercier d'être une enfant si bienveillante. De la remercier de ne pas m'avoir jugée pour ces sentiments et ces actes de jeune fille amoureuse. De la remercier de ne pas m'en vouloir de garder une autre femme ancrée dans mon corps. De la remercier d'aimer la mère que je suis.

Elle est montée se préparer pour que l'on passe la matinée ensemble après ce flot de paroles et d'histoires qu'il fallait que l'on digère ensemble, et je me suis retrouvée seule, dans une cuisine aux tons doux et calmes, pleines de plantes vertes, en face d'un bol vide peint de lait teinté par les pétales au chocolat. Peut-être qu'elle en parlerait à sa mère, peut-être pas. Mais je n'avais pas peur qu'elle le fasse, parce que Mahault ne se mettrait jamais en colère pour ça. Elle m'en voudrait sûrement un peu, mais pas longtemps. Enfin je crois. Et si elle m'en voulait d'avoir raconté ça à notre fille ? Et si elle n'acceptait plus que j'en parle ? Et si elle me faisait vraiment la gueule ? Et si pour la première fois en dix-huit ans elle me détestait ? Finalement on ne connaît jamais vraiment les gens, parce qu'eux-mêmes ne se connaissent pas totalement. Parfois les gens sont calmes et détendus et puis du jour au lendemain ils en viennent à tuer leur voisin, et quand on leur demande ce qu'il s'est passé, ils ne comprennent pas. Évidemment, elle n'irait pas jusqu'à me tuer -j'espère- mais il existe un monde où elle entrerait dans une colère noire, et alors elle voudrait divorcer et partir avec notre fille et ce nouveau bébé. Et là je perdrai tout, ma vie stable et simple deviendrait une forêt noire dans laquelle on ne sait pas où mettre les pieds.

Je me suis vite ressaisie, et je me suis sentie débile de penser ça. Parce que Mahault n'était jamais partie. J'avais été méchante, violente, virulente, ignorante, méprisante et tous les adjectifs négatifs qui finissent par "ante" avec elle, mais jamais elle n'était partie. Elle avait toujours cherché à savoir d'où venait cette méchanceté, elle cherchait toujours où se trouvait la coupure plus ou moins cachée qui jetait mon venin sur elle. Mais elle n'avait jamais laissé le venin l'empoisonner, elle le laissait entrer et acceptait qu'il l'abîme tout en prenant des antibiotiques pour être réparée. Alors ce n'est pas ce genre de chose qui allait la faire fuir. Mahault avait beau être souvent pointée comme fragile psychologiquement, elle était tout le contraire. Elle n'abandonnait jamais les choses, les gens, les situations. Elle savait prendre du temps pour envisager les choses sous un autre angle, mais elle n'abandonnait jamais. Elle ne m'abandonnera jamais, du moins pas maintenant.

J'ai entendu Isalis sortir de la salle de bain, il était hors de question qu'elle me retrouve comme elle m'avait laissée. J'ai pris le bol à la volée et l'ai enfourné dans le lave-vaisselle, presque plein après deux jours sans avoir tourné. Je n'étais pas d'accord pour acheter un lave-vaisselle lorsque Mahault avait imposé cette dépense, ça ne servait à rien pour deux personnes. On pouvait très bien le faire à la main, pour deux assiettes, deux couverts, deux verres et les ustensiles utilisés. Mais quand Isalis est arrivée, quand je me suis rendue compte que même faire la vaisselle devenait impossible avec un bébé accroché à nous comme un koala, j'étais plutôt ravie qu'elle m'ait forcée à faire cet achat inutile devenu indispensable. Je ne sais pas comment c'est possible mais il n'a jamais été changé cet électroménager d'ailleurs. Lui non plus n'a jamais abandonné, même après les déménagements, les coups qui l'ont légèrement cabossé, le poids d'une petite fille sur sa porte, sans compter le nombre de fois qu'il a lavé la vaisselle. Il aurait pu nous abandonner, rendre l'âme comme on dit, mais non, il lave toujours sans nous abandonner. Peut-être que c'était ça notre famille, le non-abandon. Personne n'abandonne rien dans notre petite famille que j'ai mis du temps à partager. Peut-être que le partage m'effrayait, parce que le partage nous force à renoncer à l'égoïsme, et depuis petite je suis égoïste. Je veux les choses et les gens pour moi seule, je ne veux pas qu'on m'abandonne pour les autres. Je ne veux pas être insuffisante. J'étais insuffisante pour mon père, qui est parti avec une autre et s'est occupé d'autres enfants. J'étais insuffisante pour Paolina, insuffisante pour qu'elle me choisisse. Mais aujourd'hui, je suis une épouse suffisante, qu'on n'abandonne pas et qu'on ne double pas. Je suis une mère suffisante, Isalis n'a pas le manque d'un parent et n'a pas de failles créées de mes mains.

– Maman, on fait quoi ce matin ?

La voix de mon enfant, de cet être humain que mon corps solide de femme avait créé, venait de me couper dans mes pensées trop profondes.

– Tu veux aller faire les magasins dans la galerie ?

Elle me sauta au cou et se mit à sautiller un peu partout. Je pris ça pour un oui.

Elle était si euphorique que je faillis ne pas remarquer ce qu'elle portait. Elle m'avait volé une chemise blanche à manches trois quarts, avec des fleurs en perles irisées et des sortes d'arabesques brodées un peu partout sur le tissu. Cette même chemise que j'avais volé moi à ma mère. Ma fille me ressemblait beaucoup, elle n'avait pas mes gênes, mais elle pouvait me ressembler sur pleins d'autres points.

Chapitre 12, Isalis

Je suis épuisée.

La matinée avec maman n'a pas du tout été reposante, et les cours ont fini par m'achever. J'espère avoir réussi mon évaluation, mais je ne pense pas, les questions étaient trop compliquées. C'est rien, je ferai mieux la prochaine fois.

Allongée dans mon lit, je regarde le plafond. Maman Louise et maman Mahault ont refait ma chambre il n'y a pas très longtemps. J'en avais marre des petits poissons sur les murs, j'en avais marre de la couleur bleu grisonnant, et j'en avais marre de mes meubles d'enfant que j'avais essayé de rendre plus utiles pour une jeune fille de quatorze ans. Maintenant, les murs étaient blancs sauf celui en face de la porte qui était beige. J'avais un lit deux places ce qui voulait dire que je pouvais enfin dormir avec mes copines même si mes mères me laissaient toujours dormir dans le canapé quand j'invitais des gens. Mes meubles étaient plus adultes, même assez pour être pris dans mon premier appartement.

Je déteste penser à mon envol, au jour où je vais partir. J'aurai sûrement l'impression de les abandonner, mais en réalité parfois je pense à des idées pour des cuisines ou des salons. Et ça me fait rêver. Beaucoup de nos proches disent que je suis comme maman Mahault, que je m'adapte aux situations. Mais j'ai toujours été comme mon autre mère. J'aime être seule, j'aime avoir ma bulle et le contrôle sur toutes les actions et sur tous les gestes que je fais, j'aime pouvoir ne laisser aucune chance à l'imprévu. J'aime avoir la maison seule pour moi quand elles partent en week-end parce que je n'ai pas besoin d'entretenir des discussions, je n'ai pas besoin d'être aimable ou d'avoir une expression faciale qui ne paraît pas blasée. Alors parfois, j'aimerai vivre seule, mais je ne leur ai jamais dit, parce qu'elles ont toujours tout fait pour mon bien-être. Elles me laissent de l'espace et des moments seules, je ne suis jamais obligée de rester avec elles ou avec la famille à table quand j'ai besoin de m'isoler, j'ai le droit d'aller mal et je suis légitime de ressentir toutes les émotions qui me traversent.

Je crois que si elles m'ont élevé comme ça, c'est pour éviter de me rendre intrusive et inquiète de la vie. Mais aujourd'hui, pour la toute première fois, je m'inquiète du bonheur de l'une de mes mères. Maman Louise m'a livré la plus grande histoire, le plus gros secret, le plus gros bobo qu'elle cache depuis des années et des années. Et pour la première fois, je me demande si ma mère est réellement heureuse. Je me demande si elle est épanouie dans sa vie de tous les jours.

Je lui suis reconnaissante de m'avoir parlé de Paolina. C'est comme si ma mère m'avait mise à son niveau et m'avait montré toutes ses blessures sur son corps, toutes ses cicatrices et toutes ses plaies infectées. Depuis petite, je savais que maman faisait des dépressions saisonnières, elle ne me l'avait jamais caché. D'abord, elle disait qu'elle n'allait pas très bien et que c'était ok de ne pas aller toujours bien. Ensuite elle disait que des périodes étaient plus difficiles à vivre que d'autres mais qu'il fallait en parler et demander de l'aide à ses proches et à des professionnels. Puis quand j'ai eu l'âge de comprendre, elle m'a expliqué ce qu'était la dépression. Je n'ai jamais eu honte d'avoir une mère malade, parce qu'elle n'y pouvait rien et que même comme ça, elle était la meilleure mère du monde. Aujourd'hui, j'ai compris d'où venait son mal-être : elle ressentait un manque constant.

Elle était accro. Et si habituellement les gens addicts buvaient, fumaient, sniffaient, se piquaient, elle, elle pleurait. Elle pleurait en silence en attendant que le manque passe alors que le trou dans son être ne se rebouche pas. Lorsqu'elle a commencé à en parler, je me suis dit que ce n'était qu'une amourette, qu'elle avait sûrement fait une bêtise en se tatouant ce soleil qui pleut. Mais finalement, ce n'était pas une amourette. Ce soleil qui pleut n'est pas une bêtise mais une délivrance de douleur. Elle souffre. Ma mère souffre du manque de son amour de jeunesse. De l'amour de sa vie.

Toujours allongée, je me suis mise à réécouter les paroles de ma mère. A les analyser. A les comprendre.

Ta mère essaie souvent de combler ces manques, parfois ça fonctionne mais pas toujours, pas souvent même je dois avouer. Pendant longtemps ça ne fonctionnait pas du tout mais aujourd'hui, maintenant que je ne me souviens pas totalement des choses et que mon esprit n'est plus habitué à Paolina, ça peut suffire.

C'était comme dire " J'aime ta mère, mais Paolina est là. Je suis mariée à ta mère, mais Paolina est là. J'ai un enfant, bientôt deux avec ta mère, mais Paolina est là."

Paolina restait toujours là, en elle. Et je suis presque sûre que ma mère restait toujours là, en Paolina. Elles avaient beau avoir perdu contact, elles avaient beau avoir des vies complètement différentes -ce que j'avais vérifié sur les réseaux sociaux- elles ne pouvaient pas se passer l'une de l'autre.

Soudain, j'ai pris conscience de quelque chose : ma mère n'était pas épanouie. Elle vivait bien, elle était heureuse, elle riait, mais elle n'était pas épanouie. Son cœur restait vide à l'emplacement de Paolina, et cet emplacement prenait de la place. Ma mère était en manque constant de cette fille et elle s'interdisait tout contact avec elle par peur de reperdre pied. C'était horrible.

Horrible d'imaginer ma mère attachée à des chaînes la privant de contacter cette autre femme. Horrible d'imaginer ma mère pleurer sous la douche sans faire de bruit pour ne pas me réveiller. Horrible de la voir caresser sa cuisse où se trouve son ancrage en s'imaginant caresser celle de Paolina. Horrible de l'imaginer recroquevillée quelque part en elle devant les images qu'il lui reste.

Mais maman Louise aimait maman Mahault, très fort. Et elle avait choisi de fonder sa vie avec elle pour ne rien risquer, comme si Paolina représentait un couloir trop sombre pour y voir quoique ce soit, ne se permettant pas de se projeter. Mais je suis sûre que si elle avait persisté à toucher les murs du couloir, elle aurait fini par trouver l'interrupteur.

Je me suis redressée à la hâte, je suis descendue en trombe dans les escaliers, manquant de louper une marche et de les dévaler la tête la première. Prise de mon élan, je me suis postée devant ma mère qui regardait son téléphone, ses coudes abîmés appuyés sur le bar dans la cuisine. Elle a levé son visage pour faire face, et j'ai soudain vu tout le vide de son regard. Je me suis noyée dans les profondeurs du manque qui l'habite.

– Ça va ma chérie ? Tu es descendue tellement vite que j'ai cru que tu allais tomber.

J'ai mis du temps à répondre, parce que sa voix n'avait pas changé, son visage encore jeune pour son âge non plus. Elle n'avait presque pas de rides grâce à tous ces produits qu'elle appliquait avec soins. Ses cheveux n'avaient pas changé eux non plus. Seul son regard me semblait plus vide, plus en manque.

– Oui, oui ça va. Je voulais te dire bonne nuit.

– Tu aurais pu m'appeler je serai montée. Bonne nuit à demain, je t'aime Isa.

Elle a posé un bisou sur mon front et je me suis retournée pour rejoindre les escaliers. Avant de monter la première marche, je l'ai regardé par-dessus mon épaule, elle était déjà retournée sur ses écrans.

– Maman ?

– Oui ?

Ce n'est pas normal d'être en manque de quelqu'un, tu devrais peut-être te poser des questions plus profondes et ne pas rester vide comme tu l'es déjà.

– Non rien.

Je suis remontée d'un pas lent. Il était l'heure que j'aille me coucher, sinon demain je serai fatiguée. Mais je ne voulais pas aller dormir. Je voulais penser. Pour autant, lorsque je me suis allongée dans mon lit, que j'ai activé mes réveils et que j'ai branché mon téléphone, je me suis endormie plus vite que l'éclair.

Chapitre 13, Louise

Isalis dormait déjà, sa journée avait été fatigante entre les magasins qu'on avait dévalisés toute la matinée et ses cours de l'après-midi. L'histoire que je lui avais confiée devait elle aussi jouer sur son état de fatigue. Je profitais de ce moment seule pour me poser dans le canapé, j'étais déjà lavée de tous les événements et de toutes les émotions accumulées aujourd'hui. J'ai déverrouillé mon téléphone, et me suis rendue sur le contact de Mahault. J'ai appelé, parce qu'elle me manquait et que j'avais besoin d'entendre sa voix rassurante et douce qui n'avait pas tellement changé de celle de l'adolescente que j'avais connue. J'avais besoin de me rassurer, d'oublier Paolina après ces deux jours qui lui avaient été consacrés, d'oublier que je l'aimais encore. Mais ça n'a pas eu le temps de sonner que la personne au bout du fil à raccroché. Elle n'avait sûrement pas le temps, peut-être prise par les valises qu'il fallait boucler pour le départ qui n'allait plus tarder. Elle s'occupait souvent des enfants des autres référents, ses collègues prenaient des pauses, mais elle n'en faisait jamais. Ces enfants qui n'étaient pas les siens passaient souvent avant le reste. Je me demande même si nous passons avant ou après eux. Pour éviter de penser, j'ai allumé la télévision et j'ai cliqué sur l'icône avec le N rouge de *Netflix*.

J'ai hésité quelques minutes entre cette série animée que je regarde pour la douzième fois avec ce petit garçon et son chien magique qui s'aventurent un peu partout dans des situations plus ou moins dangereuses, et cette série sur des mamans qui reprennent le travail après avoir accouché. J'ai choisi la deuxième, j'avais le courage de me concentrer et de regarder une série avec de réelles problématiques. Enfin c'est ce que je pensais. Parce que finalement, une fois installée correctement, je n'ai pas arrêté de penser. Je me rendais peut-être compte qu'aimer quelqu'un aussi fort en étant mariée à une autre n'était peut-être pas normal. Ça ne l'était même sûrement pas. Mais il était trop difficile d'avouer que je m'en rendais compte trop tard. J'ai déverrouillé mon téléphone de nouveau, et cette fois j'ai cliqué sur le numéro de Paolina. Je n'allais pas l'appeler, mais mes bouts de doigts me brûlaient. Je regardais les chiffres, j'avais l'impression qu'ils me narguaient et dansaient là sous mon nez comme pour me dire "Tu n'es qu'une incapable de toute façon". J'ai enfoui mon portable dans les oreillers à côté de moi et je me suis levée. Je n'avais pas faim mais j'avais terriblement envie de grignoter des amandes. En retournant m'asseoir, que dis-je, m'affaler dans le canapé, je me suis aperçue que les clés n'étaient pas sur la porte. Cependant, je me suis sentie envahie d'une maladie grave, que les plus jeunes ont souvent : la flemme. Je la fermerai tout à l'heure, avant de monter me glisser dans mes draps doux et à l'odeur du printemps. Je me suis affalée de nouveau dans le confortable sofa, et j'ai remis mon épisode en route, pas trop fort pour ne pas réveiller Isalis mais assez fort pour chasser mes pensées intrusives et dévorantes, qui arrivaient tout de même à m'habiter.

Un épisode plus tard, la porte fit du bruit, mais il y avait du vent ce soir, pas besoin de s'inquiéter et d'imaginer des monstres essayant de détruire ma superbe porte en bois. Mais les bruits ont continué, et un bruit vraiment inquiétant se faisait maintenant entendre : une clé dans la serrure. Mahault ne devait rentrer que demain en fin de journée, c'est ce qu'elle m'avait affirmé aujourd'hui dans son message du midi. Comme une gamine, je me suis cachée sous le plaid comme si c'était un bouclier. Seul le haut de mon visage, à partir de mes yeux, dépassait de ce carré de tissu doux et réconfortant. J'ai essayé de m'enfoncer dans les nuages du canapé mais je l'étais déjà au maximum. Je n'avais qu'une télécommande en plastique pour me protéger, et des amandes. Mais je ne suis pas sûre qu'ils puissent être d'une grande utilité. Je me cachais toujours plus, m'assurant que le plaid suffirait à me camoufler, quand la porte s'est finalement ouverte. J'avais cette même impression que dans les films d'horreur. C'était si long et si effrayant. C'était comme quand on regarde un film d'épouvante et qu'on crie au personnage principal qu'il est débile de rester alors qu'il pourrait courir à l'étage. Plus jamais je ne jugerai ces héros. Mais j'ai fini par voir dans le sombre un cosy pendu à une main. Je me suis levée aussi vite que j'ai pu pour ouvrir plus grand.

– Mais tu devais rentrer que demain.

– Ravie de te voir également.

Mahault se tenait là avec un cosy, deux valises, et surtout son énorme sourire. Chaque fois qu'elle rentrait, je la trouvais plus belle que lorsqu'elle nous avait quitté. Même si aujourd'hui, elle semblait plus épuisée que d'habitude. Elle a posé le cosy et m'a prise dans ses bras. J'ai posé mes lèvres en manque des siennes sur sa bouche et l'ai laissé entrer entièrement dans la maison, en portant l'une des valises. Je marchais derrière elle, et si d'habitude mon regard divaguait vers ses fesses, là j'essayais d'entrevoir l'enfant dans son si petit cosy. Cependant, il m'était impossible de voir sa bouille, cachée par les jambes de

Mahault qui marchait jusqu'au canapé. Elle a posé le bébé sur celui-ci et est partie retirer son manteau, ses chaussures et remettre la clé dans la porte, à l'horizontale. Et alors j'ai pu observer ce bébé.

A mon grand étonnement, il ne dormait pas. Ses yeux étaient grands ouverts, il regardait tout autour, se rendant sûrement compte qu'il ne connaissait pas l'environnement dans lequel il se trouvait. Il avait dû être balloté de pouponnière en pouponnière, et pour la première fois s'étendait devant lui une véritable maison. Il était si calme, sa respiration transpirait la sérénité. Je suis restée plantée devant lui, attendant que Mahault s'en occupe, comme si je ne savais pas m'occuper d'un enfant. Pourtant depuis petite c'est ce que je savais faire de mieux. Mon épouse a d'abord retiré la petite couverture blanche imprimée de petites fleurs bleues, puis elle a retiré le harnais pour pouvoir prendre cette petite chose, ce petit humain dans ses bras, comme elle le faisait si bien et si tendrement avec notre fille. Elle l'a mis dans ses bras de sorte à ce que l'enfant me fasse face, je n'arrivais pas à savoir s'il s'agissait d'une fille ou d'un garçon, son visage tout joufflu était encore trop androgyne.

– Louise, je te présente Jules. Jules, voici mon épouse, Louise. Je t'en ai parlé, lui a-t-elle dit d'une voix calme et douce. Tu te souviens ? Elle va prendre soin de toi avec moi, on va très bien s'occuper de toi.

Soudain, mon instinct de maman, celui qui me brisait le cœur lorsque j'étais jeune et qui s'était épanoui à la naissance de ma fille, reprit le dessus. J'ai pris ses petits doigts dans ma si grande main.

– Bonjour Jules, tu es un très beau petit garçon. Je vais faire attention à toi, c'est promis.

– Bon maintenant que vous vous connaissez, je vais te le laisser si ça ne te dérange pas. J'ai besoin de prendre une douche.

Elle me mit le bébé, enfin Jules, dans les bras et m'embrassa avant de monter tout doucement pour ne pas sortir Isalis de son sommeil.

Non Mahault, je ne connais pas cet enfant. Quel âge a-t-il ? Est-il handicapé ? As-tu des informations sur lui et ce qu'il aime ? J'étais totalement paniquée, je savais quoi faire mais j'avais peur de mal faire les choses. C'était là le plus grand défaut de Mahault, elle prenait toujours ses ressentis en compte et ne se sentait jamais illégitime, mais quand elle décidait que la situation était correcte pour tout le monde, elle partait pour s'offrir un moment de paix. Je ne pouvais pas lui en vouloir, les jours étaient longs et énergivores avec ces gosses, mais aujourd'hui j'avais besoin qu'elle pense un peu à comment moi je me sentais. Malgré tout, quand je regardais ce bébé, analysant toujours plus son nouvel habitat, sa respiration et son calme me détendait. Lui n'était pas stressé du tout, il me faisait entièrement confiance. Alors je devais me faire confiance, et lui faire confiance. Je me suis assise dans l'angle du sofa, j'ai rabattu mes jambes de sorte à former un V avec le haut de mon corps et mes cuisses, et je l'ai posé juste là, dans ce V. Il me regardait droit dans les yeux, mais je ne sentais aucune pression. Il était tellement serein, tellement bien. Encore une fois, j'étais surprise de sa respiration posée et régulière comme s'il était parfaitement à sa place, comme s'il respirait pour la première fois.

– Tu es à ta place petit bonhomme.

– Je savais qu'une fois que tu le verrais, tu l'aimerais.

– Tu as déjà fini ta douche ?

– Ça fait quinze minutes que vous êtes à deux.

Quinze minutes. C'est long quinze minutes habituellement. C'est un quart d'heure. C'est la moitié d'une demi-heure. C'est trois fois cinq minutes. C'est long quinze minutes, mais face à Jules, le temps était court. Je retrouvais cette impression que le temps passe plus vite avec un bébé.

– Il est serein.

– Oui, mais il est l'heure qu'il mange. Il ne réclame pas, c'est un bébé silencieux.

Un bébé silencieux.

– Il ne pleure jamais, il ne se plaint jamais. Il a un blocage, ils m'ont dit de l'amener voir un spécialiste. Comme il a été abandonné, il a peur de déranger, alors il ne fait pas de bruit du tout. C'est à nous de savoir quand le nourrir.

Il ne pleure pas et ne se plaint pas. Il doit aller voir un spécialiste. Il a peur de déranger. Il ne fait pas de bruit.

– Tu veux le nourrir ?

– Oui, ai-je répondu plus vite que je ne l'aurai voulu.

Elle a préparé un biberon de lait en poudre, 180 ml, ça ne m'indique rien sur son âge. Elle me l'a tendu et j'ai glissé la tétine dans sa si petite bouche. Comme pour me remercier de le nourrir, Jules m'a tenu le doigt tout au long de son repas. Ses yeux étaient bleus marine, très profonds, mais les yeux des bébés changent très souvent, enfin selon l'âge. J'ai retiré le biberon quand il l'a repoussé avec sa langue, puis je l'ai fait digérer en tapant doucement dans son dos.

– Tu veux bien l'endormir ? Je n'arrive pas à bercer les enfants aussi bien que toi.

Machinalement, je me suis levée, je l'ai mis verticalement sur mon torse, et j'ai commencé à sautiller légèrement, toujours en rythme, parce que j'arrivais toujours à endormir les bébés de cette façon. En cinq minutes, il s'est endormi. Sa respiration s'est faite plus rapide, mais ça ne m'inquiétait pas, Isalis faisait la même chose. Il était tellement beau et apaisant à regarder.

– Vous avez fait quoi en mon absence ?

– On a discuté avec Isa.

– Ah oui tu devais m'en parler, j'avais oublié, viens t'asseoir tu seras mieux.

Mon sang se glaça, je ne savais pas comment j'allais aborder le sujet, et encore moins comment l'aborder correctement, je crois que j'aurai préféré qu'elle oublie. Je me suis remise à ma place, et j'ai laissé Jules dormir sur moi, pesant de tout son poids sur ma poitrine qui se soulevait au rythme de mes respirations, continuant de le bercer un peu.

– On a parlé de mon tatouage sur la cuisse.

– Le soleil qui pleut ?

J'ai hoché la tête, essayant de déchiffrer ses expressions.

– Je lui ai expliqué pourquoi il était là et ce qu'il signifiait.

– Tu as parlé de Paolina ?

– Oui, je n'ai rien caché. Je lui ai tout expliqué, et elle m'a posé des questions auxquelles j'ai répondu.

– C'est pour ça qu'elle n'est pas allée à l'école ?

– Je voulais prendre mon temps, et elle s'est couchée tard hier à cause de moi. Je voulais juste qu'elle-

– C'est rien Louise, elle sait à quel point nous sommes un couple solide avant d'être une famille solide comme ça. Je sais tout moi aussi, enfin je crois, et même si tu n'as pas tout dit, tu as le droit de garder Paolina en toi tout en me donnant une place plus grande.

Mais ta place n'est pas plus grande.

Je m'en suis voulue dès lors que j'ai pensé ça, mais c'était la réalité. Je devais changer de sujet avant de continuer de penser.

– Quel âge à Jules ?

– Deux mois et demi.

– Ils ont une famille pour lui ?

– Pas encore.

– Il est mis à l'adoption ?

– Oui.

– Tu es éligible ?

– Oui.

– On va le garder. Il nous fait confiance, il sait qu'il est tombé dans une famille aimante et solide. On va lui installer une chambre dans le bureau du fond.

Nous étions une famille solide, nous avions posé brique par brique nos vies entremêlées sur des ruines de nos vies passées. Et si Paolina m'avait marqué, Mahault m'avait ramené au quotidien. Isalis m'avait complété. Jules m'avait rappelé qui j'étais.

Paolina restait ma Paolina, Louise restait sa Louise, nous aurions sûrement pu finir ensemble, et je rêvais encore de finir avec elle. Parfois, le manque me bouffait encore de l'intérieur, mais renoncer à Mahault voulait dire renoncer à la simplicité de ma vie. Peut-être que Paolina et moi étions faites l'une pour l'autre, mais il était sûrement trop tard.

Ou pas.

Les soleils aussi peuvent pleuvoir est terminé...

Voici mon deuxième roman terminé et entre vos mains. Si ce roman a été compliqué à écrire, je crois qu'il était nécessaire. Pour moi, pour elles, pour vous, pour le monde. Cette histoire, c'est la mienne, alors je me remercie moi d'avoir eu le courage d'écrire sur ma plus grosse faille, sur ma plus grosse douleur.

Mais je remercie aussi Paolina, qui m'a donné son accord pour écrire notre histoire et la publier.

Je remercie mon beau père, Loïc, qui a pris le temps de me corriger et de me relire, mais qui a aussi pris le temps de savoir comment je me sentais.

Je remercie mes proches d'y avoir cru, de ne pas avoir jugé mon écrit et d'avoir compris dès le commencement de ce projet ce qu'il signifiait.

Je vous remercie vous, de me lire encore une fois, mais surtout de garder l'esprit ouvert et d'essayer de comprendre toute la complexité de mon monde.

Les soleils aussi peuvent aussi pleuvoir est le plus gros projet de ma vie, et annonce sûrement un deuxième tome...

Louise-Marie Bernard